AF431848

DAVAÏ

ДАВАЙ

En russe, l'expression « *davaï* »
signifie « en avant, allons-y »

CHAPITRE 1

ELLE

JE MARCHE d'un pas à la fois vif et souple, escaladant les roches grises, contournant les arbustes griffus. Je m'arrête afin de souffler. J'en profite pour admirer la vue et, attrapant ma gourde, bois une longue rasade d'eau fraîche. Le temps est déjà chaud, aussi de fines gouttes de sueur commencent à perler sur mon front. Ma respiration reprise, je demeure là une ou deux secondes de plus, subjuguée par la rudesse du paysage et le bleu omniprésent de la mer.

Paris me semble tout à coup une planète lointaine, alors qu'une bouffée d'air frais s'emmêle dans ma queue-de-cheval, apportant les fragrances du maquis. Une fois encore je me félicite de ma brusque décision de venir en Corse, arpenter le GR20. Bien sûr je ne pourrai en parcourir que la partie nord, par manque de temps, cependant cette coupure est une vraie évasion. Même si je ne suis pas à plaindre dans mon quotidien, ces quelques jours sont de réelles vacances.

Je réajuste le sac sur mes épaules avant de repartir, un sourire aux lèvres et le pas affirmé. Mes jambes nues sont déjà bronzées par le soleil printanier et griffées çà et là par la rudesse des chênes verts. Tant pis ! Ce n'est pas très dérangeant ! Mes muscles fonctionnent aisément, me portant avec légèreté sur le sentier caillouteux. Mes cheveux, d'une riche couleur de châtaigne mûre, vont et viennent dans mon dos, effleurant les boucles du sac. En cet instant, je réalise que j'apprécie avec une semblable gourmandise ma liberté et cette solitude. Loin de Paris, du bruit omniprésent, je me gorge de silence autant que de soleil.

Comment ne pas apprécier la majesté de ces paysages ?

Parfois, je croise un marcheur à qui je lance un sobre « bonjour » sans m'attarder ou me retourner. Je ne souhaite que vider mon esprit et me régénérer au milieu de cette nature sauvage, dans un effort sollicitant l'ensemble de mon corps. Pour ça, je me veux seule, dans une solitude douillette, bienfaisante, aussi je fuis presque le moindre contact. Je me cantonne dans une froide politesse, bien suffisante à mon sens !

Le deuxième jour du périple, je manque de tomber, au sens littéral, sur un couple de quinquagénaires installés à même une dalle en pierre. La femme est à demi allongée, le visage d'un blanc crayeux. Je les salue d'un simple coup de tête, me demandant ce qu'ils font au milieu du sentier, lorsque l'homme, sans doute le mari, m'interpelle :

— Mademoiselle ! Pourriez-vous nous aider ?

Je m'arrête, lui retourne un coup d'œil, à la fois contrariée et cependant consciente de mes devoirs.

— Que se passe-t-il ?

— C'est ma femme… Elle a eu un malaise, je ne comprends pas, balbutie l'homme, visiblement perdu.

Réprimant un soupir, je pose mon sac au sol. Puis me penche sur la femme livide qui respire par à-coups. Je cherche son pouls, le trouve fébrile. Je ne sais pas ce qu'elle a, cependant mes connaissances en secourisme me disent que c'est potentiellement grave.

Alors que je me fais ces réflexions, un marcheur déboule, manquant à son tour s'affaler sur nous. Il jure dans une langue inconnue, tandis que je m'exclame :

— Eh faites gaffe ! Cette femme fait un malaise !

Il me retourne un coup d'œil étonné, cependant qu'il balaye la scène du regard. À son tour il se penche vers la quinquagénaire étendue à même la roche, tout en demandant dans un français malmené par un rude accent :

— Vous êtes médecin ?

Je secoue la tête en signe de négation.

— Non du tout ! Et vous ?

— Absolument pas ! Est-elle consciente ?

— Oui, enfin à peu près…

Sans le vouloir, je reste une seconde sidérée par son regard d'un bleu translucide, si clair qu'il en est intimidant.

— Il faudrait appeler les secours, on ne peut rien faire, finit-il par dire.

Le mari balbutie qu'il a tenté, mais qu'il n'y a aucun réseau. Lâchant à mi-voix une courte bordée d'injures, l'homme se redresse, sort son propre smartphone de l'une des poches de son bermuda, vérifiant la connexion. Il laisse à nouveau échapper une kyrielle de « putain d'merde » qui dénotent une certaine maîtrise du français.

Il pose son propre sac à côté du mien, affirmant d'un ton qui n'admet aucune réplique :

— Restez avec elle, je vais redescendre et voir s'il n'y a pas du réseau un peu plus bas.

Avant que je puisse dire quoi que ce soit, il s'élance dans la pente, disparaissant en quelques secondes. Seules les touffes de genêts et de genévriers, encore secouées, attestent de son passage. J'espère qu'il n'aura pas à aller trop loin, je m'inquiète de l'état de la quinquagénaire. Je ne cesse de lui parler, attirant son attention à l'aide de questions dont j'écoute distraitement les réponses, veillant de mon mieux à la garder consciente.

Au bout de longues minutes, l'homme revient, pas même essoufflé par sa course.

— J'ai appelé la gendarmerie, ils envoient un hélicoptère.

Je lui décoche un regard soulagé, pendant que le mari lui serre la main en retenant ses larmes, tout en bredouillant des mercis à la suite. Il se dégage, paraissant un brin embarrassé.

— Je n'ai rien fait. Asseyez-vous Monsieur, restez tranquille en attendant les secours.

Puis il attrape son sac, me lançant un coup d'œil :

— Ça va aller ?

— Oui, je vais rester avec elle jusqu'à l'arrivée de l'hélico'.

Il approuve d'un signe, ajuste son sac sur ses épaules, clique la ceinture sur ses hanches, me considère encore une seconde, alors que je suis agenouillée auprès de la quinquagénaire, hésitant à partir et à me laisser là.

— Allez-y ! C'est bon ! je m'exclame d'un ton où le rire ne semble pas loin, malgré la situation.

Il secoue la tête, me retourne soudain un sourire dont la douceur me frappe, avant de s'éloigner d'une foulée ample sur le sentier montagneux.

CHAPITRE 2

ELLE

L'HÉLICOPTÈRE des pompiers n'a pas mis longtemps à évacuer la quinquagénaire, dont le mari, affolé, m'a à peine remercié de mon aide. Mais ça, je m'en fiche ! Je suis l'appareil des yeux tandis qu'il s'élance vers Bastia et les urgences. Puis, attrapant mon sac, je reprends ma marche interrompue. J'aspire une large goulée d'un air frais, chargé des senteurs tenaces du maquis. Elles me font penser à ma Provence natale, me mettant soudain du baume au cœur.

Sans même m'en rendre compte, je termine la journée de marche avec un entrain particulier. Peut-être est-ce d'avoir contribué à aider la marcheuse, peut-être est-ce cette parenthèse loin de ma vie quotidienne. Je ne sais pas exactement. En fin d'après-midi je parviens à l'étape, qui pour une fois, ne sera pas une simple cabane érigée au milieu d'un vague replat de roches et d'herbes rases. C'est un vrai complexe hôtelier, station de ski l'hiver, gîte l'été, offrant tout le confort ou presque. N'ayant pas voulu me charger outre mesure, j'ai opté pour l'hébergement en gîte, ainsi je n'ai pas eu besoin d'emmener une tente. Pour ce soir, j'ai même pris le parti de m'offrir une chambre seule plutôt que de dormir dans le dortoir commun. Après tout, je ne fais pas une marche d'ascète ! L'idée d'une douche, puis de me glisser dans des draps propres, me semble une délicieuse perspective.

Sac sur le dos, je m'avance vers la terrasse qui domine la vallée. Le site est exceptionnel. Quelques touristes sont déjà assis, profitant de la vue à couper le souffle, dégustant les spécialités régionales proposées par le restaurant. Mon estomac gargouille, me rappelant que le sandwich, englouti à midi, est déjà bien loin. Je salive en voyant les plats amenés par les serveurs, lorsqu'on me fait signe. Je fronce les sourcils, reconnaissant aussitôt le randonneur au drôle d'accent.

Il se lève, s'avançant vers moi en souriant.

— Alors comment s'est passée l'évacuation ?

Je hausse une épaule, tout en posant mon sac à terre.

— Très bien. Le toubib des pompiers a évoqué une possibilité d'AVC, j'espère que tout ira au mieux pour elle…

— Au moins tu as fait ton maximum, remarque-t-il en me décochant un sourire, dont la douceur me frappe, une fois de plus. Tu dois être crevée, je peux t'offrir un verre ?

J'hésite. Vais-je accepter et rompre ma tranquillité ? Son sourire a raison de mes réticences. J'acquiesce. C'est avec un soupir d'aise que je me laisse tomber sur une chaise, alors qu'il prend place en face de moi. Un rayon d'un soleil rasant apporte une dimension particulière au paysage, soulignant du même coup, la clarté presque irréelle de ses yeux et la blondeur de ses cheveux, coupés très court. Une cicatrice barre son menton d'un trait oblique, n'ôtant cependant rien au charme de ses traits réguliers, dont la dureté s'évanouit à chaque fois qu'il sourit.

Je me perds quelques secondes dans son regard, pendant qu'un serveur pose devant moi un coca bien frais. Silencieusement je débats avec moi-même : vais-je me laisser séduire par le beau blond au physique sportif, ou passerai-je mon chemin ? Ma tergiversation intérieure n'est qu'apparente. Je sais déjà que je suis sous le charme de sa voix à l'accent rocailleux, de sa gestuelle affirmée et de son physique que je devine athlétique. Tout en buvant mon soda, je m'imagine déjà lui enlevant son T-shirt, glisser mes lèvres le long de son cou, avant de dériver vers l'exploration de son torse. Je rougis imperceptiblement, cherchant à me concentrer sur la conversation et non plus sur ces pensées un peu trop suggestives.

Après tout, peut-être n'a-t-il aucun attrait pour une p'tite brunette comme moi ! Je me trémousse sur la chaise, me raclant la gorge, plus embarrassée par mon monologue intérieur que par tout autre chose. Je ne suis après tout, pas venue en Corse pour faire des rencontres, mais tout au contraire pour me retrouver !

Il est vrai que ma libido est souvent frustrée ! Je refuse tout net d'avoir la moindre aventure sur mon lieu de travail. C'est une règle que j'ai établie très tôt et qui me convient parfaitement.

Vie personnelle et travail doivent être dissociés, c'est l'un de ces principes auquel je ne déroge pas. Le seul souci, c'est qu'en passant la majeure partie de ma vie à mon travail, qui est une sorte de sacerdoce, ça limite d'autant les possibilités de rencontres amoureuses !

Ce soir, me voici attablée avec cet homme et tout mon corps paraît s'amollir et se liquéfier. Nous commandons finalement à manger. Il semble à mille lieues de mes propres spéculations. Il discute et mange de bon appétit, sans toutefois faire peser sur moi le moindre regard lourd ou dérangeant. Il sourit et chacun de ses sourires me déstabilise un peu plus. Je m'efforce de me concentrer sur la discussion, repoussant mes pensées intrusives.

— Tu es Parisienne, alors ?

J'éclate de rire, répondant d'un ton joyeux :

— Non, pas du tout ! Je suis du Sud ! Je viens d'Avignon. Je ne vis à Paris que pour mon boulot.

— Ah d'accord ! C'est la première fois que tu fais le GR20 ?

Je hoche la tête, ce qui anime ma queue-de-cheval et fait voleter quelques mèches vagabondes :

— Oui tout à fait ! C'est même la première fois que je viens en Corse ! Et toi ?

— Oh, je le fais pour la quatrième fois…

Devant mon air ébahi, il ajoute aussitôt.

— Je n'ai aucun mérite, je vis en Corse !

— Tu vis en Corse ? Mais, tu n'es pas Français, n'est-ce pas ?

— J'ai un passeport français, mais je suis d'origine Biélorusse. Je viens de Minsk, et puis j'ai eu l'opportunité d'un job… Donc voilà.

Je le considère avec un effarement visible, me demandant quel travail il peut bien faire. Comme je suis aussi fouineuse qu'un cochon truffier, je lui pose aussitôt la question :

— Mais qu'est-ce que tu fais comme boulot ?

Il réfléchit une fraction de seconde. Si j'avais été moins troublée par sa présence, sans doute aurais-je remarqué sa brève hésitation. Plus tard, je me dirais que j'avais eu tous les indices sous les yeux, comment n'avais-je pas compris ? Peut-être parce que je ne le voulais pas ?

Enfin il lâche brièvement :

— J'entraîne des gens.

— Oh, tu es coach sportif ?

Il approuve. Aussitôt une certaine logique me satisfait, logique qui m'explique le pourquoi de son physique solide et de sa musculature visiblement entretenue.

— Oui c'est ça. C'est un boulot qui me prend beaucoup de temps, précise-t-il.

— Je comprends, mon job m'occupe aussi H24 ou presque, c'est pourquoi je suis venue ici, marcher toute seule, oublier la pression, les collègues, bref un peu tout quoi !

Il acquiesce :

— C'est aussi pour ça que je marche sur le GR ! Il n'y a pas de meilleur endroit pour se retrouver face à soi-même, à ses pensées et laisser de côté les tensions quotidiennes.

— Oui c'est clair !

J'ai à la fois du mal à manger les plats pourtant délicieux, et répondre de manière à peu près sensée. Mon corps me submerge de pensées et d'envies, qui n'ont rien à voir avec mon appétit, ou plutôt tout à voir avec une autre sorte de faim !

Souriant, il semble tout à fait à l'aise, et rien ne laisse croire qu'il peut être sensible à mon charme, hors son regard, qui parfois m'effleure avec une imperceptible insistance, me faisant frissonner.

Finalement, je me dis que je suis une grande fille, que je ne vais pas rester là à baver sur place, tel un bulldog devant un biscuit. Je fais signe au serveur d'enlever mon assiette, avant de me lever avec autant de grâce que je peux. Puis je me penche vers lui, si près que je peux sentir son odeur pleine de promesses. Sans plus tergiverser, je murmure :

— Tu dors où ?

— J'ai une tente, et toi ?

— J'ai pris une option plus confortable, j'ai réservé une chambre ici... Tu veux que je t'héberge ?

À la fois stupéfait et ravi de la tournure des événements, il plonge son regard clair dans le mien :

— C'est une proposition…

— Oui complètement ! Si un plan cul te tente évidemment !

Il éclate d'un rire franc, avant de se lever à son tour.

— Qui refuserait une telle offre !

Nous prenons nos sacs, et nous nous retrouvons quelques minutes plus tard dans une chambre d'hôtel assez banale, dont la large fenêtre s'ouvre toutefois sur un panorama exceptionnel. Laissant tomber les sacs sur la moquette, nous ne nous intéressons pas aux étoiles scintillantes qui illuminent le ciel. Nos regards rivés l'un à l'autre, rien ne peut détourner notre attention, à moins d'une bombe, peut-être !

Englobant mon visage entre ses mains, un peu rudes, il me prend la bouche dans un baiser brusque qui nous électrise. Nous en sortons frissonnants, à la fois fous et extatiques. Il laisse échapper un chapelet de mots dans une langue que je ne peux comprendre, du russe sans doute, avant de s'exclamer dans un français haché :

— J'ai attendu ce moment toute la soirée !

Prise d'un fou rire nerveux, je chuchote entre deux gloussements :

— J'ai cru mourir et qu'en plus tu ne te déciderais jamais !

Soulevant mon T-shirt, il glisse ses doigts le long de mon dos, m'attirant contre lui :

— Ne t'en fais pas, je ne t'aurais pas laissé partir comme ça !

Il enlève mon T-shirt, alors que je laisse mes mains explorer son torse, le faisant frémir. Me haussant sur la pointe des pieds, je l'embrasse avant de murmurer avec regret :

— Il faut que je prenne une douche…

— Pas de souci, la douche a l'air suffisamment grande pour que je t'accompagne !

J'approuve d'un simple regard, pendant qu'il ôte son T-shirt, dévoilant des épaules carrées, des pectoraux solides et des abdominaux parfaitement dessinés. Sa musculature n'est pas outrée comme elle pourrait l'être en étant sculptée en salle. Non, tout au contraire, elle reflète une activité physique quotidienne dans le but précis de faire de son corps un outil affûté. Cela ne me surprend pas, après tout n'est-ce pas ce que je vise moi aussi ?

S'aidant mutuellement dans une sorte de fièvre entrecoupée de rires, nous glissons sous l'eau brûlante. Elle l'est toutefois moins que nos sens survoltés ! Prenant un savon proposé par l'hôtel, il me le fait sentir. J'acquiesce d'un hochement de tête. Avec une lenteur calculée, il me frotte le corps d'une mousse onctueuse, parfumée, me sentant frémir sous ses doigts, alors que mes pensées se télescopent dans un désir aigu. De ses mains, il découvre mon corps menu avec une douce avidité, tandis que le cœur battant à tout rompre, il me sent frissonner.

Ce n'est que plus tard, une fois la folie de la première étreinte passée, une fois confortablement allongés tous les deux dans le grand lit, que nous pourrons prendre le temps de nous découvrir. Mais pas maintenant.

Enfin, après s'être mutuellement séchés, cependant encore humides et toujours en proie à un feu qui semble faire bouillonner notre sang, nous nous écroulons au creux des draps blancs, tirés à quatre épingles.

Du bout des doigts, je redessine lentement les tatouages qui ornent son bras et son épaule gauche. Flammes, tête de mort, citation écrite en cyrillique, complètement illisible pour moi. À mes questions, il se contente de m'embrasser, me faisant oublier mes interrogations, éludant du même coup une réponse. Je suis curieuse, ce n'est pas le moindre de mes défauts. De surcroît ma curiosité s'éveille à la moindre énigme. Et lui, sent le mystère à plein nez… effleurant la cicatrice barrant son menton, je veux savoir comment il l'a eue. Il se contente de me mordiller les doigts, répondant vaguement « dans mon boulot », ce qui, en soi ne peut qu'attiser ma soif d'en savoir plus. Je dois me faire violence pour ne pas insister. Après tout, c'est juste un plan cul, il a bien le droit de ne pas me dérouler son CV !

— Tu fais quoi comme sport ?

— Tu es plus curieuse qu'une puce hein !

Je fais une moue accompagnée d'un sourire si désarmant, qu'il finit par lâcher :

— Un peu de tout. Course, sports de combat, je n'ai pas de sport vraiment attitré. Et toi ?

— Quoi moi ?

— Toi aussi tu fais du sport, lequel ?

Je lui renvoie un nouveau sourire, avant de chuchoter.

— Je ne fais qu'un seul sport. Je vais te donner un indice et tu devras deviner, d'accord ?

D'un geste je le repousse, avant de le chevaucher, sans le quitter du regard. Lentement je commence à faire aller et venir mon bassin, tandis qu'il laisse fuser un juron.

— Alors, tu trouves, je murmure dans un souffle.

— Du cheval… tu fais du cheval ! s'exclame-t-il d'une voix rauque.

— C'est ça. Mon sport, c'est l'équitation. Tu as de la chance j'aurais pu faire du curling, mais cela aurait été beaucoup moins sympa, non ?

Il éclate de rire avant de me saisir à bras-le-corps et de me faire rouler sous lui.

La nuit nous paraît trop courte, quand je m'endors lovée contre lui, la tête reposant sur son épaule, mes cheveux épars chatouillant son visage sans que cela ne le dérange pour autant. Il reste là, à me contempler pendant de longues minutes, dans la seule lueur de la lune, avant de s'endormir à son tour.

CHAPITRE 3

LUI

JE N'AI jamais souhaité avoir quelqu'un dans ma vie. Mon métier est ma seule maîtresse, mon unique passion et mes collègues la seule famille que je souhaite. De toute façon je n'ai jamais voulu imposer ce que je suis, ainsi que mon mode de vie, à qui que ce soit. Aujourd'hui, pourtant, lorsque j'ai croisé le regard bleu outremer de cette femme agenouillée aux côtés d'une blessée, mon cœur s'est décroché. Ce qui m'a frappé, plus encore que sa beauté, c'était son attitude, sa force de caractère. Son aura. Jamais je n'ai rencontré une fille avec une telle trempe ! Cela m'a saisi, stupéfié. Flairant le danger, je me suis enfui. Puis voilà qu'elle s'est matérialisée sur la terrasse de l'hôtel, alors que je me croyais sauvé. À l'instant où elle est apparue, je n'ai plus rien vu d'autre qu'elle. De manière concomitante, j'ai compris que j'étais fichu…

Maintenant je la tiens, là, entre mes bras, à la fois offerte et tendre, et le cœur battant je sais que je plonge dans un piège. Vaincu par un désir qui me dépasse, mes pensées s'effritent, pour ne plus se focaliser que sur la jouissance que je peux lui offrir. Avec une facilité déconcertante, je la soulève, tandis que s'accrochant à mes épaules, me griffant sans même s'en rendre compte, elle gémit de plaisir.

Je sais que cette fille est beaucoup trop incroyable et que je tombe tête première dans le traquenard que j'ai évité depuis des années. Enfin advienne que pourra…

Je me penche vers elle, encore endormie, lui caressant le visage, ne résistant pas à l'envie de l'embrasser dans la douceur de son cou. Elle frémit dans son sommeil, mais ne s'éveille pas. À voix basse, je chuchote à son oreille :

— Le soleil ne va pas tarder à se lever…

Elle ouvre les yeux, papillonne deux fois afin de mettre ses idées en place, puis me renvoie un sourire étincelant qui me frappe droit au cœur. Elle se redresse, s'étire, avant de dire.

— Donne-moi cinq minutes pour prendre une douche, OK ?

— Je t'attends dehors, à tout de suite.

Attrapant mon sac, je sors de la chambre, plus fébrile qu'à aucun moment de ma vie.

CHAPITRE 4

ELLE

JE SAUTE hors du lit dévasté, afin de m'élancer dans la salle de bains. La veille, il m'a vanté la vue grandiose du soleil se levant sur la mer. J'ai répondu avec enthousiasme à sa proposition de nous lever à l'aube, à sa vive surprise, je l'ai lu dans ses yeux. Cela n'est pas un réel effort pour moi : les grasse mat'je ne connais pas vraiment ! En revanche, se jeter du lit dès quatre ou cinq heures du matin, c'est presque mon quotidien !

Quelques minutes plus tard, ayant passé un T-shirt propre et enfilé une veste en polaire sur mon short, je sors de l'hôtel, respirant avec un vif plaisir l'air frais déjà chargé des odeurs tenaces du maquis. En quelques pas, je le rejoins. Il se tient assis sur un large rocher plat, le visage tourné vers le soleil levant, alors que de l'eau chauffe sur un réchaud face à lui. Il me regarde, surpris. Sans doute s'attendait-il à ce que je me rendorme ? En tout cas, certainement pas à ce que j'arrive, bien réveillée, douchée, les cheveux impeccablement coiffés et tressés. Je me penche vers lui, l'embrassant avec un naturel qui le fait chanceler. Je passe une main sur son visage, rasé de près, sans rien dire, mais j'apprécie. Enfin je m'installe contre lui, observant à mon tour le spectacle du miracle matinal.

Il enlève le quart du réchaud, dont l'eau frémit, me demandant si j'ai une tasse. J'acquiesce, fouille dans l'une des poches de mon sac et lui tends un gobelet en titane, un brin cabossé. Il m'a accompagnée dans tant de périples, et a vécu autant d'aventures. Cela semble lui plaire, même s'il ne dit rien. Une minute plus tard, il me le rend, rempli d'un café brûlant.

Touchée par l'attention, je balbutie un « merci » surpris, tandis qu'il remarque en souriant :

— Ce n'est que du café lyophilisé, pas de quoi sauter au plafond non plus…

Je bois une gorgée, appréciant la chaleur du breuvage, puis murmure :

— C'est l'intention qui compte !

J'ajoute, dans un demi-sourire :

— Au fait, moi c'est Swann…

Il me dévisage, un peu perdu, avant de répéter :

— Swann ? C'est pas un nom de mec ça ?

Je glousse, retenant un rire :

— Peut-être, mes parents m'ont toujours dit que c'était un prénom mixte.

— OK… Tu t'appelles comme cette vieille chanson de ce chanteur, Dave, c'est ça ?

Pour le coup, je laisse fuser un éclat de rire :

— Non, pas du tout ! Je m'appelle Swann, comme le héros du roman « À la recherche du temps perdu » de Marcel Proust.

Il me dévisage sans trop comprendre.

— C'est ça d'être la fille d'un agrégé en lettres !

— Ton père est prof ?

— Mes parents sont prof tous les deux, et les tiens ?

Il se rembrunit, détourne la tête, s'immerge dans la préparation de son café, sans répondre. Finalement, il relève la tête, me décoche un sourire d'une douceur qui me déstabilise :

— Moi, c'est Serguéï.

CHAPITRE 5

LUI

APRÈS le lever de soleil, dans un embrasement de pourpre et d'or, il ne nous a pas fallu plus de trois mots, afin de décider de passer cette journée ensemble. Nous sommes tous deux d'accord sur la base « plan cul » de nos relations, cependant nous pouvons aussi être un peu flexibles sur le concept.

Swann remarque qu'elle risque de me retarder, puisqu'elle n'avance pas au même rythme que moi. Je repousse la réflexion d'un geste et d'un simple :

— Je m'adapterai à ton allure, et puis je ne suis pas pressé.

Ceci réglé, nous ajustons nos sacs sur nos épaules et retrouvons le sentier sinuant autour des massifs de genévriers, et des roches grisâtres. La plupart des randonneurs se lèvent à peine, lorsque nous laissons l'hôtel derrière nous. Le soleil effleure l'horizon sur la promesse d'une belle journée. Une libellule, encore engourdie par la fraîcheur de la nuit, se pose sur mon sac, étalant ses ailes translucides afin de profiter des premiers rayons. Au bout de quelques minutes, ravigotée, elle s'envole dans un mouvement gracieux, partant en chasse ou manger l'un de ses maris, qui sait ?

J'avance d'un bon pas, me retournant souvent afin de voir si Swann suit l'allure, et surtout si elle ne peine pas. Elle me répond d'un sourire, sans ralentir. Dans les passages ardus, je l'aide d'une main si je la vois en difficulté. Toutefois, elle se joue la plupart du temps des complications du chemin. Cela ne m'étonne qu'à demi. Pourtant je ne peux qu'admirer la pugnacité qu'elle met à vaincre chaque obstacle.

Nous marchons en silence, sans éprouver le besoin de discutailler toutes les cinq minutes. Nous sommes dans une sérénité confortable, qui m'étonne autant qu'elle m'enchante. Parfois l'un d'entre nous désigne un détail du paysage, le plus souvent c'est moi, qui reconnaissant un village ou un oiseau, le montre d'un mot à Swann. Cette complicité, si simple, si facile aussi, semble une évidence, un peu comme si nous nous connaissions depuis des années, depuis toujours peut-être ?

Si je n'ai jamais souhaité avoir une relation suivie avec quiconque, c'est aussi dans la crainte d'avoir à supporter une compagne qui n'aime rien de ce que je juge important. Je ne veux pas renoncer à ce que je suis. En aucun cas.

Aujourd'hui, voilà que je suis tombé sur cette fille sublime, au mental en acier trempé et qui de surcroît, est capable de ne pas parler pendant une heure ! C'est assez déstabilisant.

En milieu de matinée, nous faisons une halte bienvenue. Avec un soupir de satisfaction, elle pose son sac et s'assoit à même un rocher, les jambes pendant dans le vide. Je la rejoins, lui tendant une gourde. Elle boit avec plaisir, puis farfouillant dans son sac, elle en sort un ziploc dont elle tire deux barres de céréales. Elle m'en donne une, en expliquant :

— Je sais, la présentation n'est pas au top, mais tu ne vas pas t'empoisonner, je les ai faites juste avant de venir.

Je la dévisage avec un ébahissement visible :

— Tu fais tes barres de céréales toi-même ?

Elle hausse une épaule désabusée.

— Bah oui, c'est pas comme s'il fallait être chef étoilé pour cuisiner ça ! Et puis de cette façon, je mets ce que je veux, du miel au lieu de sucre, bref, on dira que c'est plus sain.

Elle en grignote un bout, puis ajoute :

— Et ultime argument : Baloo adore !

— Baloo… je répète, sans comprendre.

Elle éclate d'un rire joyeux, avant de me tendre son téléphone, sur lequel s'étale une photo : celle de la tête d'un cheval en train de bâiller, langue pendante.

— Voilà Baloo, mon compagnon, mon amour, mon partenaire.

— Tu as un cheval ! je m'exclame, étonné, la dévisageant avec incrédulité.

— Oui, bon il n'est pas tout à fait à moi, mais disons que je m'en occupe. Je t'ai bien dit hier que j'étais cavalière, non ?

Je ne dis rien, ne fais aucune remarque, cependant elle perçoit la lueur d'intérêt qui brille dans mon regard clair. Cela lui fait plaisir, même si je sais qu'elle s'en défend.

Nous reprenons notre chemin. Je marche devant, tandis qu'elle me suit d'un pas délié.

ELLE

J'ADMIRE sans retenue sa vélocité, alors qu'il porte un sac pesant largement le double du mien ! Je me suis fixé une limite de masse à ne pas dépasser, ayant pioché trucs et astuces dans les conseils des Marcheurs Ultra légers, ou MUL comme ils aiment se surnommer. Visiblement, Sergueï ne connaît pas le principe, ou comptant sur son physique, il se fiche de trimballer quinze ou vingt kilos sur le dos !

Les paysages, montagnes tourmentées de rochers et d'éboulis, sont à la fois impressionnants, et saisissants d'une beauté âpre, qui va à l'essentiel dans des déclinaisons grises et minérales, en opposition au bleu pur du ciel et celui, encore plus intense de la mer que l'on aperçoit parfois, entre deux sommets. Malgré la beauté du site, je ne prête qu'une attention toute relative au panorama, pourtant éblouissant, mon attention restant focalisée sur Sergueï, que je le souhaite ou non ! Même en m'efforçant de regarder ailleurs, mes pensées me ramènent irrémédiablement vers le grand blond qui crapahute devant moi, avec la souplesse d'un chamois.

J'ai envie de me battre d'être aussi sentimentale ! En fait, je n'aurais pas dû accepter de marcher avec lui, car voilà que je glisse sur une pente savonneuse… Pourtant je ne parviens pas à regretter ni le trouble qu'il provoque en moi ni la moindre minute passée en sa compagnie. Alors tant pis, arrivera ce qui arrivera !

La journée se termine aussi sereinement qu'elle s'est écoulée. Nous parvenons au refuge en fin d'après-midi. C'est une simple et efficace bâtisse en pierres, construite sur un replat et adossée à la montagne. Une terrasse, garnie de quelques tables, s'étend par-devant.

Serguëi pose son sac, et se tournant vers moi, il remarque :

— Tu as le choix maintenant : nuit en dortoir avec vingt ou trente inconnus pas très propres, ou sous la tente avec moi…

À mon tour, je mets mon sac à terre avant de répondre, me retenant de rire :

— Évidemment présenté comme ça, le choix semble vite fait !

— Tente alors ?

Sans même résister à la pulsion, je me glisse entre ses bras avant de l'embrasser avec une douceur qui le fait trembler. Puis je chuchote d'une voix chargée de promesses :

— Tente, avec toi…

Après avoir demandé au responsable du refuge, où dresser notre bivouac, Sergueï se met en devoir de monter la tente, simple dôme en nylon kaki. Pendant qu'il plante les sardines et tend le tapis de sol, je monte les arceaux en un tour de main et les enfile dans la toile. En moins de cinq minutes, notre abri pour la nuit est dressé. Nous n'avons plus qu'à étendre matelas et duvets, puis ranger nos sacs.

— Bon ça, c'est fait, on va manger ? je m'exclame avec entrain.

LUI

J'ACQUIESCE, émerveillé par sa bonne humeur constante et sa saine rusticité. Et puis elle sait monter une tente : je n'ai jamais rencontré une nana capable de faire ça ! J'en suis estomaqué, je dois l'avouer !

C'est donc le cœur un peu trop sollicité, que je m'installe sur un banc, face à elle, alors qu'on pose d'office devant nous une assiette de charcuterie corse.

Le refuge se remplit. Notre tablée est pleine, mais je ne vois qu'elle. Autour de nous, les gens discutent avec jovialité, malgré le brouhaha, perdus dans le regard de l'autre, nous n'avons même pas besoin de parler.

Grelottant dans la fraîcheur qui tombe des montagnes, encore partiellement enneigées,

Swann enfile sa veste en polaire, avant de murmurer :

— J'espère que tu me réchaufferas tout à l'heure…

Comme seule réponse, je lui renvoie un sourire en coin, avant de lâcher d'une voix à l'accent aussi rocailleux que le paysage alentour.

— Ça doit pouvoir s'envisager…

Enfin, le repas achevé, nous nous glissons sous le mince abri de toile. Enlevant ses chaussures et les posant soigneusement sous l'abside, elle s'allonge avec un soupir de bonheur tandis que je la rejoins.

— Ce n'est pas aussi luxueux qu'hier, mais…

— Mais ce sera parfait… me coupe-t-elle en se relevant, afin de balancer veste et T-shirt.

Sans rien ajouter, je l'attire contre moi, lui prenant la bouche d'un baiser impérieux, la sentant vaciller d'un désir que je ne demande qu'à assouvir.

CHAPITRE 6

ELLE

MALGRÉ une nuit presque aussi courte que la précédente, mettant à l'épreuve notre résistance, nous nous levons un peu après l'aube, pliant le camp en deux minutes. Nous fonctionnons en symbiose, aussi efficaces l'un que l'autre et surtout en une entente aussi parfaite que nous pouvons l'avoir au lit ! À croire que nous sommes ensemble, couple ou binôme peu importe du terme, soudés en tout cas par des années passées côte à côte. L'un et l'autre nous connaissons la valeur d'un travail d'équipe, pourtant notre aisance naturelle, aussi complémentaire que complice, ne peut que nous effarer.

Les sacs faits, nous nous installons à la terrasse du refuge, pour un indispensable café matinal. La plupart des randonneurs s'agitent aussi, et bâillant à qui mieux mieux, se laissent tomber sur les bancs devant des tasses fumantes. Pendant que Sergueï s'occupe de faire chauffer l'eau sur des gazinières mises à disposition, de mon côté, je prépare les tasses et pose un ziploc rempli de cookies sur la table. Un groupe d'une demi-douzaine d'hommes, prend place à côté de moi.

Sergueï revient, verse l'eau brûlante sur la poudre lyophilisée, tandis que l'un de nos voisins de table, s'exclame d'une voix aux tonalités marseillaises affirmées :

— Bien dormi les gars ?

— Oh pétard que non ! répond aussitôt l'un d'eux, sans se préoccuper de savoir si leur conversation intéresse ou pas toute l'assistance. J'ai pas fermé l'œil de la nuit, tu veux dire ! poursuit-il. Y a un mec qui n'a pas cessé de faire du bien à une meuf, qui elle, n'a pas arrêté de gueuler ! Vous n'avez pas entendu ?

Les autres rigolent, pendant que nous échangeons un regard complice, retenant un fou rire. L'autre le remarque, et nous incluant dans la discussion, il s'exclame :

— Eh bah c'était pas drôle boudïou ! Ça vous a pas gênée mademoiselle ?

Retenant de plus en plus difficilement un rire, je secoue la tête.

— Non du tout !

L'homme fronce les sourcils, nous considérant l'un et l'autre avec une vague suspicion :

— Eh ça serait pas vous…

— Hein ? Oh non, on était beaucoup trop crevé pour bouger pieds ou pattes, n'est-ce pas mon cœur ?

Sergueï, peut-être frappé par la tendresse du mot, met une seconde avant de répondre. Lorsqu'il le fait, c'est d'un ton froid, que son accent prononcé ne fait que renforcer.

— Si les manifestations de jouissance d'une femme vous dérangent, vous devriez vous poser des questions, c'est vous qui avez un problème pas elle !

Effaré, l'homme se relève à demi, le visage rouge de colère. Sergueï se contente de l'ignorer, alors que l'homme vocifère un chapelet de jurons. Relevant la tête, Sergueï le cloue d'un regard glacial, tout en laissant tomber d'un ton tout aussi froid :

— Gardez vos forces pour marcher, plutôt que pour gueuler et ne commencez pas à me chercher…

Piqué, l'autre se lève alors que ses copains tentent de le calmer. Sans doute ont-ils remarqué la lueur, à la fois détachée et meurtrière, qui s'est allumée au fond des prunelles du solide blond.

Soudain, je me mets debout, moi aussi, m'écriant d'un ton qui n'admet aucune discussion :

— Ça suffit ! Nous sommes tous ici pour marcher, pas pour nous mettre sur la gueule ! Donc vous vous asseyez et vous vous calmez !

Je sais que je peux faire preuve d'une belle autorité, mon boulot veut ça aussi, à tel point que l'homme, saisi, se laisse tomber sur le banc, dégonflé tel un ballon de baudruche. Sergueï me retourne un coup d'œil à la fois stupéfait et admiratif.

— Tu aurais fait un super sergent-chef, dis donc !

Je rougis embarrassée, me rassieds tout en ouvrant le sachet de biscuits et en lui en tendant un.

— Tiens mange, plutôt !

Finalement dans un accord tacite, nous sommes restés ensemble pour la fin de ces quelques jours hors du temps. Tout paraît à la fois possible et permis. Peut-être pour la première fois de notre vie, nous permettons-nous d'être à la fois libres et pleinement nous-mêmes. Mais tout a une fin et je n'ai qu'une courte semaine de congé, demain déjà il me faudra rentrer. Retrouver Paris, et surtout oublier ces journées de tendre parenthèse, oublier ces horizons ensoleillés, oublier surtout ce regard plus clair que le ciel Corse… Je ne suis pas prête à retrouver ma routine, pas prête à laisser toutes les émotions apportées par le GR, encore moins prête à le laisser, lui, rencontre de hasard ou rendez-vous donné par le destin ?

Avec naturel, il m'accompagne à Bastia, d'où je dois prendre l'avion qui me ramènera à Paris dans le bruit, la grisaille, le béton et la solitude. Nous prenons un bus qui après mille virages, nous dépose dans la petite ville côtière, entre mer et montagne. Organisée jusqu'au bout des ongles, j'y ai retenu une chambre d'hôtel. Nous y posons nos sacs avant de partir vers le port afin de dîner. Nous ne disons rien, conscients tous deux de l'imminence de la séparation.

Alors que je tiens tant à ma solitude, je dois reconnaître que la vie se moque de moi ! Voilà qu'après avoir rêvé à cette escapade en solitaire, je suis déchirée à présent de devoir quitter Sergueï ! C'est à la fois risible et infiniment triste.

Le cœur serré, étreinte par un sentiment d'inéluctable, accablée par la tournure qu'une simple attirance a prise, je pinaille dans mon assiette, tenaillée par l'envie d'éclater en sanglots ou de frapper quelqu'un.

De son côté, il m'observe sans mot dire, visiblement pris dans un maelström d'émotions similaires. Finalement il paye l'addition, abrégeant le moment.

LUI

SWANN se lève comme une somnambule, sans doute n'a-t-elle rien vu du soleil couchant sur le petit port, ni même ne sait-elle ce qu'elle a mangé !

Je la rejoins alors qu'elle repart, mince silhouette perdue au milieu des premiers touristes de la saison. Je l'attrape par les épaules, la forçant à me faire face.

— Attends !

Son visage fermé me touche en plein cœur, même si je sais que ce n'est que le reflet de ma propre détresse. Devant un tel désarroi, ma volonté de ne pas entraîner quelqu'un dans ma vie, ne pèse plus très lourd.

— On n'est pas obligé que ça se termine comme ça !

— J'ai mon avion demain matin, et de toute façon, on était d'accord tous les deux sur la base d'un simple plan cul, non ?

— Oui, mais les choses ont changé, tu le sais aussi bien que moi, non ?

Elle détourne la tête afin que je ne puisse lire les secrets de son âme ; que je ne vois pas non plus, les larmes qui semblent la noyer.

Je poursuis d'une voix basse, hachée :

— Ça va te paraître stupide, mais c'est pas grave. Tu sais, j'ai passé la meilleure semaine de ma vie, là-haut sur le GR, avec toi. Je ne veux pas que ça se finisse comme ça !

Elle ne répond rien, et seul le mouvement imperceptible de ses minces épaules, montre qu'elle a entendu. D'une main je relève son visage. Elle sanglote sans bruit, submergée par une émotion incontrôlable, ne pouvant plus émettre un seul mot. Doucement je l'attire contre moi, la serrant entre mes bras, jusqu'à ce que ses sanglots se calment, puis que d'une voix presque inaudible, elle bredouille :

— Ce n'est pas stupide ! Je n'ai jamais été aussi bien… Je ne pensais même pas que ce soit possible !

Se raccrochant à moi, elle ajoute dans un tremblement :

— Que va-t-on faire ?

J'éclate de rire, l'embrasse avec une joie quelque peu débordante, avant de m'exclamer d'une voix où perce soulagement et espoir :

— Nous ne sommes pas forcés de tout bousculer, si cela te fait peur. Nous pouvons y aller lentement.

— Tu veux dire… Avoir une relation à distance ?

— C'est ça ou rien, donc oui !

Je peux sentir la dualité de ses émotions dans l'emballement précipité de son cœur. Finalement, elle murmure :

— Mon travail occupe tout mon temps, j'ai très peu de congés… Alors toi ici, moi à Paris…

— Je suis très pris aussi, mais on peut au moins essayer, non ?

Elle approuve, d'un simple geste, en même temps qu'un sourire vacille sur ses lèvres.

— D'accord, de toute façon on ne regrette que ce que l'on n'a pas fait, donc tentons !

Je l'embrasse dans une sorte de folie, submergé soudain par un bonheur pur et inconnu.

ELLE

APRÈS une dernière nuit où il n'y a eu que peu de place au sommeil, le temps s'égrène irrémédiablement et bientôt, nous

nous retrouvons tous deux dans le hall de départ du petit aéroport. La parenthèse se ferme, irrémédiablement.

Je n'ai jamais pensé qu'il était possible qu'en quelques jours, une poignée à peine, un inconnu puisse devenir un essentiel dans une vie, dans ma vie, par on ne sait quel miracle, quelle alchimie inexplicable. Peut-être est-ce envisageable pour d'autres, pas pour moi si réfléchie, si pragmatique, que le mot romantisme ne fait pas vibrer : il ne fait même pas partie de mon vocabulaire ! Pourtant je suis là, à côté de ce grand blond à la carrure solide, chancelant sous le coup d'une peine dévastatrice. Jamais je n'aurais pensé tomber amoureuse dans un délai aussi court, jamais je n'aurais cru pouvoir aimer avec une telle intensité et que ce soit aussi douloureux.

Je ne sais pas ce que Serguéï ressent, toutefois les battements précipités de son cœur le trahissent. Il me tient entre ses bras, me serrant à m'étouffer. Je l'étreins tout aussi fort, accrochés l'un à l'autre, perdus, effrayés, ne sachant même pas si nous aurons la force d'ouvrir les doigts et de nous séparer. Il lui faut sans doute user de toute sa volonté afin de me laisser partir.

Il n'a fallu qu'une minuscule semaine, moins que ça d'ailleurs, à peine une fraction de seconde, un souffle de temps, pour que toute cette vie que nous nous sommes choisie, pour laquelle nous avons fait tant de sacrifices, vole en éclats.

Je me laisse tomber à ma place, ne pouvant m'empêcher de lancer un ultime coup d'œil sur l'extérieur, sur la Corse, là où j'abandonne une partie de mon cœur, aussi ridicule que cela puisse paraître. D'aucuns diraient que ce n'est qu'un amour de vacances, à prendre et garder comme tel dans mes souvenirs. Je sais pourtant, avec une acuité douloureuse, que ce que j'éprouve n'a rien à voir ! Peut-être que dans un sens, je préférerais qu'il n'ait été qu'un simple agrément à ces journées. Cela serait plus simple. Je repartirais à Paris l'esprit serein, le sourire aux lèvres, sans regret.

Assise sur l'inconfortable fauteuil de ce vol intérieur, me disputant l'accoudoir avec un enfant envahissant et sa mère épuisée, je ne suis que tristesse et dévastation. Je passerais bien mes nerfs sur l'infernal gamin, mais cela ne va pas réduire ma détresse pour autant. Je préfère me rencogner contre le hublot, fermer les yeux et me souvenir de nos baisers fous…

CHAPITRE 6

LUI

LA LÂCHER et la regarder s'éloigner, mince silhouette bientôt absorbée par la masse des autres voyageurs, a été un arrachement. Je reste un long moment planté-là, le visage fermé, à me demander comment je vais pouvoir maintenant retourner à ma vie…

Nous devons inventer une autre manière de nous découvrir, autrement que par nos sens. Nous n'avons plus que nos téléphones et les SMS auxquels nous nous accrochons avec l'énergie désespérée de noyés en train de couler à pic, les mots devenant notre ultime bouée.

Mais comment faire passer ce que j'éprouve, au travers de messages ? Déjà, en russe, dans ma propre langue, le maniement de l'écrit n'a jamais été mon fort ! Je suis un homme d'action, pas d'introspection. Écrire m'est un effort, alors devoir le faire dans une langue que je maîtrise mal est une torture. Je me débrouille à l'oral, malgré une impossibilité flagrante à prononcer les sonorités nasales, tous ces « en » « un » ou « on » sans parler des « e » muets, si éloignés de ma propre langue ! Je ne peux que me borner à jeter mes sentiments dans une phonétique approximative qui me mortifie. Malgré tout ce que je suis ou ce que j'ai pu faire, je suis fier de mon parcours, de ce que je suis devenu à présent. Cet à peu près ne me ressemble pas. Je ne peux qu'espérer qu'elle ne s'arrêtera pas à ces failles, qu'elle ne rêve pas d'un intello, car dans ce cas notre histoire ne pourra aller très loin…

ELLE

LA VIE est tout de même joueuse : voilà que je suis embarquée dans le type même d'histoire que je ne souhaitais pas ! Une relation continue et qui plus est, à distance ! Je n'ai pas de place dans ma vie pour des situations compliquées. Comme par miracle, j'en trouve pour Sergueï ! Si à vingt-six ans j'ai réussi à travailler dans ce qui a toujours été mon rêve de petite fille, ce n'est pas par hasard. Ma ténacité alliée à une persévérance sans faille, m'a conduite là où je voulais être. Mais voilà qu'aujourd'hui, c'est dans les bras de Sergueï que je rêve de me trouver !

Les messages que nous échangeons sont à la fois laconiques et enflammés. Parfois nous parvenons à nous appeler, toutefois nos plannings respectifs sont la plupart du temps trop chargés pour ça ou ne s'accordent pas…

La situation est frustrante, pourtant elle a le mérite d'apporter une autre dimension à notre relation, nous offrant l'opportunité de discussions que nous aurions sans doute négligées au profit de l'assouvissement de nos sens. Avec plus de 1 000 kilomètres de distance, il faut passer à une autre forme de complicité !

Alors, même si écrire lui est visiblement compliqué, Sergueï se jette sur WhatsApp. Je ne me formalise pas de sa méconnaissance du français, du moins à l'écrit : suis-je capable de parler russe ? De le lire ? Sans même songer à l'écrire ! Alors comment puis-je lui reprocher quoi que ce soit ! Au contraire, je m'émerveille de sa capacité d'apprentissage, puisqu'en quelques semaines, il améliore son niveau de manière singulière.

Vivre une relation à distance ce n'est le fort ni de l'un ni de l'autre, mais avons-nous le choix ?

Enfin, à la mi-août, je parviens à dégager trois jours de congés qui peuvent coïncider avec Sergueï. J'attrape le vol du soir, et débarque à la fois excitée et anxieuse : et si l'étrange alchimie qui nous a réunis n'agissait plus ? Perdue au milieu des voyageurs, je le cherche des yeux. Pas une seconde je n'ai envisagé qu'il pouvait ne pas être là. Soudain j'accroche un regard d'un bleu translucide, couleur des glaces de la Baltique. Mon cœur fait un bond et se décroche en même temps. Un sourire tremblote sur mes lèvres alors que je sens des larmes poindre. Sans savoir comment, je suis dans ses bras. Toutes mes craintes s'évanouissent. Je me jette à son cou, en larmes et riant en même temps, tandis qu'il me prend la bouche d'un baiser à la fois rude et plein de tendresse. Toutes ces semaines passées sont abolies, oubliées, ont-elles seulement existé ?

Sans nous préoccuper de la foule qui va et vient autour de nous, nous ne pouvons nous lasser de nous embrasser comme si rien ne pouvait nous rassasier. Sans doute est-ce le cas. Finalement, Sergueï saisit mon sac. Je glisse mes doigts entre les siens, pendant qu'il m'entraîne vers la sortie. Nous montons dans un taxi, à qui il dicte l'adresse d'un hôtel. Se tournant ensuite vers moi, il fait à mi-voix :

— J'ai réservé une chambre, je t'héberge ?

Je lui retourne un sourire éclatant, et chuchote, les yeux remplis d'étoiles :

— C'est une proposition ?

— Oh que oui ! Si un plan cul te tente…

Je me blottis entre ses bras, tout en répondant d'un ton plein de promesses :

— Qui refuserait une telle offre !

La complicité pétille entre nous, aussi vive et colorée qu'un bonbon dragibus. Le taxi stoppe à ce moment-là devant d'un hôtel 4 étoiles, dont la façade en pierre, typique d'une ancienne demeure Corse, est rehaussée par un balcon en fer forgé, débordant de fleurs.

LUI

Nous pénétrons dans le hall, qui en opposition totale avec le bâtiment, offre un aménagement à la fois moderne, design et accueillant. Un sourire s'épanouit encore plus largement sur le visage de Swann, tandis que je l'emmène directement au 1er étage. J'ouvre une porte, la laissant entrer. La chambre est sobre, moderne, dans des tons de gris et de beige qui, en s'opposant, donnent une ambiance confortable et intime. Je pose la petite valise de Swann à côté de mon sac, pendant qu'elle pousse l'une des portes-fenêtres s'ouvrant sur le balcon et la nuit. Elle s'accoude à la balustrade, respirant les odeurs chargées d'iode et d'infimes fragrances acidulées provenant du maquis. Je la rejoins. Je repousse ses cheveux qu'elle a laissés libres, l'embrassant dans la tiédeur de sa nuque. Je la sens frissonner. Elle se retourne, m'enlace, posant ses lèvres sur les miennes. Nous nous perdons dans un baiser fou, qui ne peut rattraper les semaines écoulées, mais qui les effaceront à coup sûr !

Impatient, je la soulève entre mes bras, et la porte jusqu'au lit, immense, qui n'attend que nous.

Nous passons trois jours, partagés entre rires et tendresse, trois jours afin de combler ces semaines de solitude, trois jours pour se construire assez de souvenirs pour supporter les inéluctables mois de séparations.

Sans parvenir à me lasser, je redessine son corps de mes mains, me concentrant sur l'instant, oubliant que demain existera. Ma formation, rude, impitoyable, m'aide à me focaliser non sur le passé ou sur un futur incertain, mais bien sûr le moment présent. Demain viendra assez tôt, assez vite, me tordant les tripes d'une douleur que je n'ai jamais éprouvée avant Swann, jamais pensé ressentir, jamais souhaité expérimenter non plus… J'ai survécu à bien pire, et pourtant aujourd'hui, touché en plein cœur je me demande comment je vais vivre loin de sa douceur, de son rire, de la folie de ses baisers. Même si la souffrance est une information me signalant que je suis encore vivant, je ne sais pas si je le resterai longtemps ! Comment vivre sans Swann ? Mais que faire d'autre ? Avons-nous le choix ?

ELLE

JE REPARS le lundi soir, le cœur en miettes,

sachant pertinemment que cette relation est une erreur, incapable pourtant d'envisager ma vie sans que Sergueï n'en fasse partie…

Que faire ? !

CHAPITRE 7

ELLE

Nous oscillons ainsi durant des mois, nous essayant à une routine qui est impossible avec nos rythmes de vie, tentant d'accepter la situation avec légèreté, même si j'en crève et que lui aussi...

Sitôt que je peux, je file en Corse, alors que de son côté Sergueï s'évertue à faire coïncider ses moments de repos avec les miens. C'est loin d'être évident. Nous y parvenons cahin-caha, avec une frustration de plus en plus grandissante.

Nous nous retrouvons pour quelques jours de liberté, de tendresse, dans des gîtes ou des hôtels aux quatre coins de la Corse. Ce sont des moments parfaits, ou du moins le seraient-ils, si des doutes ne venaient pas, semaines après semaines, me tarauder l'esprit... Mon cœur s'est donné en une fraction de seconde, sans retenue, sans question. Ma tête semble plus réticente. Les interrogations se font chaque jour plus nombreuses, plus pressantes. Pourquoi ne m'invite-t-il jamais chez lui ? Pourquoi élude-t-il tout sujet sur son travail ? Pourquoi ne me parle-t-il jamais de lui ?

A-t-il une double vie ? Me ment-il depuis le début ?

Les questions, sans réponse et l'incompréhension qui en découle, empoisonnent peu à peu mon humeur et à terme, cela affectera notre relation, j'en suis consciente. Ce n'est pas ce que je souhaite, loin de là, aussi suis-je bien décidée à obtenir des réponses claires, nettes et précises ! C'est ce à quoi je songe ce matin du 14 juillet, même si mon attention devrait être focalisée sur le défilé.

La journée est superbe. Un soleil éclatant baigne les Champs Élysées, pendant que les troupes resplendissent dans leurs uniformes. La foule, massée le long des barrières, sourit déjà, ravie de pouvoir admirer ses soldats. Je suis à la fois attentive et détendue. Je ne peux m'empêcher de sourire, sans doute gagnée par la ferveur populaire. Mes pensées tourbillonnent alors que je dois rester concentrée. C'est la troisième fois que j'ai la chance d'être ici, pour cette occasion si spéciale. Ce n'est pas une routine, loin de là, du moins suis-je assez sereine. D'où le sourire qui tend un peu trop à relever les commissures de mes lèvres !

Enfin c'est l'heure. Le défilé débute dans le cliquetis des aciers et des fers des chevaux, noyant le bruit du véhicule du président de la République, qu'ils ont pour mission de protéger. C'est toujours un moment fort que cette descente de l'avenue faite par les cavaliers de la garde républicaine, les timbaliers en têtes, suivis par les rangs compacts des chevaux alezans : le passé escortant le présent.

Ils descendent depuis la place de l'Étoile, où les autres troupes armées sont massées en rangs à la fois serrés et organisés. Bientôt se sera à leur tour de fouler celle dont on dit qu'elle est la plus belle avenue du monde. Les chevaux passent au trot devant la Légion, qui tradition oblige, clôturera le défilé. Ces hommes en uniforme clair et képi blanc, venus du monde entier pour servir la France, se tiennent droits, fiers, regardant passer les chevaux de la garde. S'ils sont impressionnés par le moment et le décorum, ils ne le montrent pas, n'offrant que des visages froids, dépourvus de toute autre expression qu'un regard martial. Je ne les aperçois que du coin de l'œil, toute mon attention à présent focalisée sur ce début de défilé. J'ai remisé à plus tard questions et interrogations, bien décidée pourtant à obtenir des réponses précises.

La matinée s'envole, portée par la liesse et l'excitation générale. Enfin je peux me retrouver au calme, dans le box de Baloo. Ce dernier, tout aussi heureux que moi, engloutit sa ration de grains avec appétit, tandis que je lui octroie un pansage énergique. C'est un moment paisible, où toute la tension peut retomber, laissant place à une agréable sérénité. Je fredonne, oublieuse de mes précédentes interrogations, l'esprit occupé par le seul mouvement de ma main, qui armée d'une brosse douce, va et vient sur la robe du grand Selle Français. Je me remémore le défilé. Ce qui a fonctionné, ce qui devra être amélioré. Ce que nous devrons bosser avec Baloo.

Soudain, mon prénom résonne dans la quiétude des écuries, me faisant sursauter.

Je lève la tête, étonnée. J'aperçois alors un légionnaire en uniforme beige, épaulettes rouges et fourragère, debout devant la porte du box. Un brin interloquée, je réplique :

— Je peux faire quelque chose pour vous, sergent ?

Ce n'est qu'à cet instant, quand croisant le regard d'un bleu translucide du sous-officier, que je comprends. La brosse s'échappe de mes doigts, rebondit dans la paille, sans que cela ne préoccupe personne, Baloo encore moins qu'un autre !

J'ouvre la porte du box d'une main tremblante, me retrouvant face au légionnaire qui, les mâchoires serrées, me considère d'un œil impénétrable. Nous restons quelques longues secondes face à face, moi sans doute plus pâle que ma culotte de cheval immaculée et lui si figé qu'on croirait une statue. Enfin il fait un pas, ôte son képi qu'il place sous son bras gauche, murmurant mon nom d'une voix rauque.

Tirée de ma sidération, je retiens un bref sanglot. Sans un mot, il m'attire dans ses bras. Je me cramponne à lui, retrouvant avec soulagement l'intimité de ce corps que je connais si bien et qui pourtant, aujourd'hui, m'est inconnu. Effarée, je respire son odeur familière, mêlée à celle de son uniforme et celle plus diffuse de la graisse d'arme. D'une main il relève mon visage, plongeant son regard froid dans le mien, avant d'affirmer d'un ton qu'il veut apaisant, mais que son accent encore plus prononcé que d'ordinaire, rend coupant :

— Peu importe que tu ne m'aies pas dit toute la vérité, je t'aime Swann, qui que tu sois !

Je manque répliquer que c'est plutôt lui qui m'a menti, mais alors que j'ouvre la bouche pour rétorquer, une voix sèche claque en coup de fouet, me faisant sursauter. Par réflexe, je me fige au garde à vous, suivie par Sergueï.

— Mais qu'est-ce que c'est que ce foutoir ? Expliquez-vous maréchal des logis Magnan !

— Euh oui mon capitaine ! je bredouille en fixant l'officier.

— Qu'est-ce que ce légionnaire fait ici ?

— C'est... C'est mon p'tit ami capitaine...

L'officier reste ébahi une demi-seconde, avant de tonner :

— Repos ! Racontez !

Je me détends d'un millimètre. Sergueï pose son képi sur sa tête, avant de se tenir roide, les bras croisés dans le dos, le visage froid et le regard impassible.

— Votre petit ami est un légionnaire ? Et quoi, un parachutiste en plus ? Vous vous foutez de moi, Magnan ?

— Non mon capitaine, je n'oserais pas, je balbutie en pâlissant un peu plus.

— Si je peux me permettre capitaine, ce n'est pas la faute de Swann, c'est moi qui suis venu à l'improviste, s'exclame soudain Sergueï d'une voix ferme, dont l'intonation rugueuse apporte une certaine brutalité.

L'officier de la Garde Républicaine tourne vers lui son regard perçant, tout en le considérant de la tête aux pieds. Il s'arrête une seconde sur les médailles qui ornent la poitrine du parachutiste, puis répond :

— Croix de la Valeur militaire, Afghanistan je suppose ?

— Oui mon capitaine !

Je tressaille, lui jetant un bref coup d'œil, me rendant compte que je ne connais de lui que la simple surface, à peine l'écume de ce qu'il est réellement. Cette constatation me bouleverse. Je réprime une douleur si soudaine, si brutale, qu'elle me fait monter les larmes aux yeux. Je me mords les lèvres, me cramponnant de toutes mes forces à ma discipline.

— Eh bien maréchal des logis Magnan, j'ignorais que vous aviez un héros comme compagnon !

Je ravale un « je l'ignorais aussi », me contentant de fixer mon officier supérieur. Ce dernier continue à détailler le légionnaire, impassible.

— Vous rentrez quand à Calvi ?

— Cette nuit capitaine.

Le cavalier hoche la tête, paraît réfléchir, avant de reporter son attention sur moi :

— Bon, comment va votre cheval ?

— En pleine forme mon capitaine.

— Vous avez été très bien ce matin, Magnan, alors exceptionnellement, rentrez dans vos quartiers et ne revenez que demain matin.

Je dévisage l'officier, les yeux ronds.

— Allez, rompez !

Je salue mon supérieur d'un geste un peu tremblant, avant de me précipiter dans le box de Baloo qui, indifférent aux petites affaires humaines, a entamé une sieste en appui confortable sur trois pieds. Sans m'attarder sur mon cheval, je retrouve la brosse perdue dans la litière, ramasse la boîte de pansage et repars en courant.

Je fonce à la sellerie, range le matériel, avant d'en sortir tenant avec moult précautions ma veste d'apparat. Sans un mot, je fais signe à Serguëï de me suivre. Moins d'un quart d'heure plus tard, je pousse la porte d'un modeste appartement situé dans une grande bâtisse, abritant le personnel de la Garde. J'entre, suivie par Serguëï, qui s'il est étonné n'en montre rien. Il referme la porte derrière lui. Ouvrant une penderie située dans l'entrée, j'y dépose ma veste. J'ôte mes hautes bottes en cuir noir, les rangeant elles aussi dans le placard, avant de m'avancer, en chaussettes, sur le parquet ancien qui craque sous mes pas.

Il me suit, dans le salon cuisine américaine, parfaitement rangé et ordonné. Un canapé rouge fait face à une table basse ainsi qu'à un minuscule écran plat. Un comptoir en bois sépare le coin cuisine de celui du salon. Tout est à la fois, sobre, pensé et organisé. Un grand poster trône au-dessus du sofa : Baloo et moi, en uniforme de la gendarmerie, sautant un obstacle naturel. J'aime beaucoup cette photo, qui expose tout à la fois le geste technique, la puissance et la détermination du couple cavalier-cheval.

Je suis son regard :

— C'était au printemps, avec Baloo on sort aussi en compétitions, on fait du Complet…

Surpris, il me dévisage avec un mélange d'étonnement et d'admiration, cependant qu'une lueur de colère brille au fond de sa prunelle.

— Pourquoi tu ne m'as pas dit ce que tu faisais ? Je n'étais pas assez bien pour que tu m'en parles, c'est ça ?

— Mais… Mais non, ce n'est pas ça ! Et puis facile de me le reprocher, alors que tu m'as caché que tu étais à la légion !

Furieuse, je plante mon regard dans le sien, avant de me détourner, les dents serrées sur une exaspération qui va *crescendo*. Je jure, marmonnant à mi-voix :

— Putain, j'suis trop conne ! Tout était sous mes yeux et je n'ai rien vu ! Rien compris ! Suffisait que je réfléchisse et additionne trois trucs ! Qu'est-ce qu'un Russe ferait en Corse, hormis être au 2ᵉ Régiment Étranger de Parachutistes !

— Je ne suis pas Russe, croit bon de rectifier Sergueï, ce qui lui attire un coup d'œil furieux.

Je m'exclame, des sanglots dans la voix, que je tente pourtant de maîtriser :

— C'est pareil ! Merde tu m'as caché tout ce que tu es !

Il s'avance d'un pas, son regard transparent, plus glacé que je ne lui ai jamais vu.

— Et toi ?

— Il se trouve que j'allais t'en parler justement !

— Ah ouais, comme par hasard…

— Je voulais t'envoyer des photos du défilé, voilà ce que j'attendais ! Oui j'aurais dû te le dire plus tôt, mais… je ne mentionne jamais où je bosse, c'est devenu un réflexe.

— Ça fait plus d'un an qu'on est ensemble, merde Swann !

— Et toi alors ? Quand avais-tu l'intention de me dire que tu étais au 2ᵉ REP ? Je savais que tu me cachais un truc, je le savais depuis des mois ! Avant d'être Garde, je suis flic, et mon instinct me hurlait que tu dissimulais quelque chose. Mais quoi !

Il détourne la tête, à la fois gêné et furieux.

— Je croyais que tu avais une double vie ! Voilà ce que je pensais ! je m'écrie dans un gémissement.

Il tressaille, me décochant un regard peiné et désolé. Il veut me prendre dans ses bras, tout en s'exclamant :

— Mais non ! Swann ! Je n'ai personne d'autre !

Je recule d'un pas, furibonde. Des larmes ruissellent sur mon visage, sans même que je m'en aperçoive.

— Que voulais-tu que je pense ?

Il me dévisage, laissant tomber pour une minute l'armure qu'il s'est forgée, laissant entrevoir une seconde toute l'intensité de ses sentiments :

— Je ne sais pas... J'ai eu tort, mais te dire que j'étais légionnaire, avec la réputation qu'a la légion, encore aujourd'hui, je ne pouvais pas ! Je n'avais pas l'envie, ou le courage de prendre ce risque. Que tu me regardes comme si j'étais un criminel ou je ne sais quoi...

D'une main, il essuie les larmes qui coulent sur mon visage, puis m'attire dans ses bras. Je ne résiste pas, me raccrochant à lui avec autant de force qu'il me tient serrée. D'une voix hachée, il murmure :

— Je ne voulais pas te perdre, en aucun cas !

Dans un reniflement, je remarque :

— Mais, comment as-tu compris que j'étais Garde ?

Il esquisse un demi-sourire narquois :

— Je suis légionnaire, ni débile ni aveugle ! Je t'ai vue passer à cheval à trois mètres de moi. Difficile de te rater !

— J'étais en grand uniforme ! Avec mon casque à cimier, c'est à peine si on me voit !

— Je te reconnaîtrais n'importe où...

Puis il ajoute, d'un ton tendre que son accent ne parvient pas à masquer :

— Je t'aime...

Dans un souffle, je balbutie :

— Je t'aime aussi, idiot !

Puis relevant la tête, je bredouille, maîtrisant à peine la peur qui par degré me terrasse :

— Et maintenant, qu'est-ce qu'on fait ?

Il passe ses mains dans mes cheveux, me considérant droit dans les yeux. Il esquisse un sourire très doux, dont il a le secret, réprimant un éclat de rire :

— Je ne sais pas ce qu'on fera les dix prochaines années, mais je sais au moins pour les deux ou trois prochaines heures...

Puis il m'embrasse avec une bonne humeur retrouvée, et un soulagement palpable. Je ne peux m'empêcher de répondre à son baiser, avant de le repousser, les sourcils froncés.

— Tu cours un peu vite aux conclusions, on était en train de s'engueuler je te signale !

— Ah ? Mais on n'avait pas fini ? C'était pas le moment de la réconciliation sur, comment vous dites en français, sur l'oreiller, c'est ça ?

Il me considère d'un air un peu trop railleur pour que je puisse garder mon sérieux, ainsi que la moindre velléité de colère.

— Droit au but, c'est pas la devise de la légion ça ?

— Pas vraiment, ce doit être celle d'un club de foot, éclate-t-il de rire avant de me soulever avec une facilité déconcertante.

D'un geste je lui désigne une porte, qu'il pousse d'un simple coup d'épaule. Il me dépose avec précaution sur le lit, sans cesser de m'embrasser.

LUI

CES DERNIÈRES heures ont été éprouvantes, pleines de trop de questions sans réponse et de certitudes mises à mal. J'éprouve un besoin viscéral non seulement de la rassurer, mais de retrouver la douceur de ses bras, qui seule peut apaiser ma détresse. Avec une acuité singulière, je réalise qu'il m'est impossible de vivre sans elle. Je ne suis pas préparé à éprouver de tels sentiments, mon attachement va presque exclusivement à mon bataillon, à la légion. Pourtant, voilà que cette brunette a fait voler en éclat toutes mes certitudes et tient mon cœur entre ses mains…

CHAPITRE 8

LUI

APAISÉ, un peu essoufflé néanmoins, je promène mes doigts sur le corps délicat de Swann, qui reprend haleine, la tête appuyée contre mon épaule. Je perçois son souffle effleurer ma peau en une caresse infime, impalpable.

Finalement elle se relève, m'embrasse avant de s'échapper de mes bras, sur un « je reviens » péremptoire. Je la suis du regard, ébloui encore plus que d'ordinaire par sa mince silhouette aussi vive qu'un feu follet. Elle est magnifique, mais sa beauté ne se limite pas à un corps aux courbes attrayantes, il englobe un esprit à la volonté sans faille, à la force de caractère qui la rend unique à mes yeux.

Je ferme les yeux, la revoyant passer devant moi, sur son immense cheval roux, droite, fière, la longue queue en crins noirs de son casque dansant dans son dos, cependant qu'un sourire relevait les coins de ses lèvres. Elle est Garde Républicain et cela ne m'étonne même pas.

En attendant qu'elle revienne, je jette un coup d'œil circulaire à la pièce : sa chambre qui en révèle tant sur elle. Elle est sobrement meublée : un lit et un plateau en bois posé sur des casiers, qui poussés sous une fenêtre doivent lui servir de bureau. Tout est rangé, propre, ordonné. Seule concession à une nature éprise de liberté, un long panneau en liège s'étend sur un pan de mur, recelant des centaines de photos et de cartes postales. Repoussant la couette, je me lève afin de les examiner de plus près.

Des photos de Swann avec sa famille sans doute, au vu des ressemblances flagrantes avec les personnes qui sourient à l'objectif. D'autres de chevaux, certaines où elle monte, prises en concours ou lors de défilés. Dans ce méli-mélo, c'est avec une surprise qui me prend de court, que je remarque des photos de moi, seul ou en compagnie de Swann.

L'une d'elles, en format A4, a sans doute été réalisée lors de notre rencontre, pendant ces quelques jours passés sur le GR20. Je me tiens debout, face à un vide s'étendant par de-là les montagnes, jusqu'à la mer. Le visage tourné vers l'appareil, je renvoie un sourire doux à Swann. Le ciel se reflète dans mon regard. On peut déjà y lire le tumulte des sentiments qui m'agite. Je ne me souviens pas de cette photo, ni de ce moment, simplement de mes émotions qui me dépassaient, pour la première fois de ma vie.

ELLE

ALORS que je reviens de la cuisine, je le trouve debout, face à mon pêle-mêle de photos. Je pose deux canettes de bière sur le lit, l'admirant sans que rien n'y paraisse. Il est bien le seul mec que je connaisse, capable d'être aussi à l'aise nu qu'habillé. Son rapport au corps et à la nudité est un mystère ! Est-ce son éducation ? L'armée ? Peu importe du reste ! Je le contemple sans mot dire, avant qu'il ne se retourne et me décoche un sourire tendre qui me fait fondre. Je me love dans ses bras, l'embrasse et le sentant troublé, murmure :

— C'est l'endroit où je mets les photos de tous ceux que j'aime et qui me manquent...

Le prenant par la main, je l'entraîne au lit. Il décapsule une canette, en boit une longue gorgée tandis que je laisse aller mes doigts le long de son torse, suivant les méandres de ses tatouages. Je lui prends la bière des mains, en avale une goulée avant de chuchoter :

— Tu me raconteras pourquoi la légion ?

Il saisit ma main, pose la canette sur la table de nuit, se redresse, visiblement embarrassé.

— Oh pas maintenant ! Non ! Un jour, lorsque tu en auras envie... J'aimerais savoir ton histoire.

Il hoche la tête.

— Oui je comprends... Mais, tu sais j'ai fait l'con, j'étais jeune ce qui n'excuse pas tout et j'ai dû me barrer. Je savais que la légion offrait une seconde chance, alors je l'ai saisie. Je suis venu ici clandestinement, j'ai traversé le Rhin à la nage, de nuit, au mois de février. Je n'avais rien, rien d'autre que mon audace et ma connerie ! Et puis la légion m'a fait une place, m'a offert une vie. J'avais dix-neuf ans, c'était il y a un peu plus de dix ans.

Je le dévisage, bouleversée.

— Dix-neuf ans ! Tu étais si jeune !

Il hausse une épaule :

— Je ne l'étais pas pour faire des conneries !

— Tu as pu retourner voir ta famille, au moins ?

Il se redresse, attrape la bière, puis lâche un bref :

— Non.

— Oh… Je ne peux même pas imaginer combien ça doit être horrible !

Les larmes aux yeux, je l'enlace.

— Ne t'en fais pas, ça va…, bougonne-t-il. Et puis j'ai des nouvelles de ma grand-mère, de ma sœur. Tout va bien.

— Mais… Et si tu avais échoué ? Si la légion ne t'avait pas recruté, qu'est-ce que tu aurais fait ?

— Il n'y a jamais eu de plan B, et puis je savais à 90 % que je serais pris.

— Mais comment pouvais-tu en être si sûr ?

— J'étais caporal dans mon pays, donc je connaissais déjà le système militaire…

— Tu étais soldat !

— Oui… Mais je ne suis pas le centre de l'univers, dis-moi plutôt comment tu es entrée dans la Garde !

Consciente qu'il m'a confié tout ce qu'il pouvait pour l'instant, de mon côté je lui raconte tout. Mes parents, cette famille à la fois bourgeoise et pseudo-intellectuelle, qui ne perçoit le monde qu'au travers d'un prisme fait de longues études, le professorat étant le must évidemment ! Pour ma part, je n'ai jamais ressenti une telle fibre. J'aime l'adrénaline apportée par l'équitation et mes nombreuses compétitions en concours complet. Je ne pouvais pas rêver d'un métier statique tel que mes parents le projetaient pour moi. Depuis toute petite, je fantasmais sur la Garde Républicaine, cela a toujours été mon idéal, mon rêve. Alors, en Terminale, j'ai passé les tests d'entrée pour la Gendarmerie. C'était un geste bravache de rébellion, réalisé en secret, que j'ai à demi oublié l'année suivante, en entrant en FAC de lettres à Montpellier. Quelques mois plus tard, je recevais mon admission à la gendarmerie, du moins à l'École ! Je plantais là des études qui m'anesthésiaient, afin de boucler un sac et filer à Melun. Mes parents n'étaient au courant de rien ! Ils ne le surent que le jour de mon entrée à la Garde ! J'ai travaillé dur afin de pouvoir choisir mon affectation, finissant troisième de ma promotion. Grâce à mes résultats en compétitions et un excellent classement aux tests d'entrée, la Garde Républicaine m'a ouvert ses portes. Mon rêve se réalisait. Mes parents avaient poussé des cris d'orfraie, puis avec le temps ils se sont accoutumés à l'idée. Je suis épanouie, que peuvent-ils espérer de mieux ?

Il me dévisage, émerveillé par mon récit, par la force de caractère qui m'a permis de revendiquer mon destin, d'aller chercher mon étoile, malgré tout. Cela ne paraît pourtant guère l'étonner, correspondant sans doute à ce qu'il sait ou imagine de moi !

— Tu es incroyable ! Tu es parvenue à te bâtir, seule !

J'éclate de rire :

— Rien de très admirable, je n'ai pas traversé le Rhin à la nage moi, m'sieur !

Puis je l'embrasse, avant que nous ne soyons interrompus par la sonnette de l'entrée. Je me précipite hors du lit, saisissant un T-shirt qui traîne sur un fauteuil en rotin, je l'enfile tout en me pressant vers la porte.

Je reviens cinq minutes plus tard, portant un carton à pizza, précédée par l'odeur délicieuse de pâte tiède et de sauce tomate. Je pose la pizza sur le lit, l'ouvre, en propose un bout à Sergueï tout en me jetant avec appétit sur une part. La bouche pleine, je remarque :

— J'ai pas mangé de la journée, je crève de faim ! Pas toi ?

Il engloutit sa portion, me lance un sourire, lâchant dans un rire :

— Un légionnaire doit savoir s'adapter aux conditions du terrain, c'est le secret !

Il finit la bière, écrase la canette, pendant que je grignote la croûte de ma part. D'un coup de menton, je désigne l'un de ses tatouages, ornant son biceps gauche.

— Quelle cruche je fais, j'te jure ! C'était là sous mes yeux et j'ai vu que dalle ! C'est la flamme de la légion n'est-ce pas ?

Il acquiesce d'un simple hochement de tête, tandis que je continue à scruter ses autres tatouages.

— Bon maintenant tu peux me dire ce qu'il y a écrit en russe sur ton bras, non ?

— Tu es plus curieuse qu'un chien de chasse !

Je hausse une épaule.

— Bah apparemment je ne le suis pas assez, vu que je suis passée à côté du fait que tu es au 2e REP…

D'une main, il m'attire contre lui. Je me blottis contre son épaule, mon corps mince épousant le sien dans une complémentarité presque parfaite, il murmure :

— Tu ne pouvais pas deviner, ce n'est pas de ta faute, c'est de la mienne plutôt… Ceci est l'un des premiers tatouages que j'ai fait en entrant à la légion, il dit : honneur et fidélité, peut-être parce qu'à l'époque je n'avais ni l'un ni l'autre…

CHAPITRE 9

LUI

IL A FINALEMENT fallu sortir de notre bulle de douceur, réenfiler mon uniforme, secondé par Swann, qui révèle à cet instant sa longue pratique d'événements requérant des tenues compliquées, ajustées au millimètre. Elle-même n'a eu qu'à sauter dans un short en jeans et un T-shirt, pendant que je finis de lacer mes rangers.

Je plante ensuite mon képi immaculé sur mon crâne à la coupe stricte, et je suis prêt. Elle me contemple une seconde, toujours troublée par ce que je suis. Sans doute lui faudra-t-il un peu de temps afin de s'habituer !

Enfin nous sommes dans la rue, baignés par la tiédeur de l'été ainsi que par une chaude ambiance due à la fête Nationale. Nous avançons le long des rues, main dans la main, les gens s'écartant devant nous, à la fois respectueux et curieux tout à la fois. Après avoir pris divers transports en commun, nous parvenons au fort de Nogent où déjà plusieurs bus attendent afin de ramener les légionnaires dans leurs divers bataillons. Je me précipite à l'intérieur du bâtiment, non sans avoir demandé à Swann de m'attendre. C'est même plus une supplique qu'autre chose.

ELLE

TANDIS qu'il disparaît, avalé par l'ancien fort de garnison, je me mets à l'écart, observant les militaires aller et venir, rangeant leurs sacs dans les soutes des bus. Un officier, en treillis s'approche de moi, les sourcils froncés.

— Mademoiselle, vous voulez quelque chose ?

Machinalement je me plante au garde à vous, le saluant avant de lâcher d'un ton neutre :

— Mes respects capitaine, maréchal des logis-chef Magnan, j'attends le sergent Ivanov.

L'officier me considère une seconde, avant d'esquisser une sorte de sourire.

— Repos chef ! Vous êtes la p'tite amie d'Ivanov ?

— Affirmatif !

— Vous êtes dans quel corps ?

— Je suis affectée au 1er bataillon monté de la Garde Républicaine, capitaine.

— Oh ! Vous êtes dans la garde à cheval ! Incroyable ! Où a-t-il bien pu vous pêcher !

Soudain nous percevons des ordres beuglés d'un ton sec, dans un français aux tonalités aussi brutales qu'un éboulement. Quelques hurlements suivis de « Davaï ! » péremptoires, font s'activer même les moins réactifs !

— Ah tient, quand on parle du loup… remarque l'officier avec un demi-sourire ironique, avant d'ajouter. C'est un très bon sergent !

Je retiens un gloussement, pince les lèvres, parvenant à dire d'un ton néanmoins plein de rire :

— J'entends ça…

Enfin un solide légionnaire en treillis et béret vert se plante devant nous. Il salue l'officier, avant de lâcher :

— Les hommes seront prêts dans cinq minutes, capitaine.

— Ok sergent ! Bon, je vous laisse dire au revoir à votre copine.

Sergueï s'avance vers moi, tandis que je l'examine avec une sorte d'incrédulité. Le voir en treillis et béret est un choc, du moins une surprise à laquelle je ne m'attendais pas. Passant ses mains dans mes cheveux, repoussant mes longues mèches châtains, il me regarde droit dans les yeux.

— Qu'est-ce qu'il y a ?

Je lui renvoie un sourire avant de me lover contre lui, en murmurant :

— Tout va bien, c'est juste déconcertant de te voir en treillis… Je vais m'habituer, ne t'en fais pas !

Il me prend dans ses bras, lâchant à mi-voix :

— J'espère que tu vas te faire au kaki, sinon ça va être compliqué ! Il faut que j'y aille… Mais je suis soulagé, heureux qu'on ait mis cartes sur table. Ça me rongeait de te dissimuler tout ça.

Sans se préoccuper des autres légionnaires, il m'embrasse comme si nous étions seuls au monde. Je me raccroche à lui, oublieuse de tout hors de notre imminente séparation : quand nous reverrons-nous ? Sa bouche sur la mienne me brûle, alors que mon corps se refuse à le laisser partir. Je dois faire un effort sur moi-même afin de balbutier :

— Vas-y...

Il réprime un juron, préfère m'embrasser dans le cou, s'immerger encore une fraction de seconde dans notre bulle de douceur et emmagasiner ces sensations pour plus tard, lorsque seul dans la nuit il sentira ses forces vaciller.

Puis il se détourne, partant gueuler sur quelques-uns de ses hommes, qui goguenards nous observent en riant. Les rires sont vite ravalés ! Je souris au milieu de mes larmes, puis tourne les talons et rentre retrouver ma vie, si éloignée de celle de Sergueï et pourtant... N'avons-nous pas plus en commun que ce que nous avions cru au départ ? C'est ce à quoi je songe, tout en m'allongeant dans mon lit, respirant les oreillers qui portent encore son odeur.

À présent que je connais la vérité, même si cela nous a rapprochés, je ne peux m'empêcher d'éprouver une angoisse sourde, qui sans doute, ne me quittera pas : à tout moment il peut être amené à partir pour une opération militaire et peut-être y perdre la vie...

Parviendrais-je à vivre avec cette peur lancinante ? Omniprésente ?

Légionnaire, il est un légionnaire… Cette réalité me paraît à la fois une évidence, tous les bouts du puzzle se sont mis en place, néanmoins elle est si irréelle qu'elle en est presque inconcevable.

CHAPITRE 10

ELLE

Tout à coup nos relations deviennent à la fois plus simples « je ne me torture plus en imaginant des scénarios improbables » et quelque part aussi, beaucoup plus complexes. À présent, je réalise qu'il nous sera, si ce n'est impossible, du moins très compliqué de faire évoluer notre couple : la distance kilométrique ne nous le permettra pas…

Tant que je l'imaginais coach sportif, je pouvais rêver à une vague probabilité afin qu'il puisse venir travailler à Paris. Aujourd'hui cette possibilité est nulle et non avenue. Il ne pourra pas quitter Calvi, pas plus que je ne pourrai partir de la rue des Célestins…

D'autres questions, lancinantes, viennent me torturer, sans qu'il puisse être là afin de me rassurer.

Aurai-je la carrure, la patience, toutes les qualités requises afin d'être la compagne d'un militaire ? J'en doute. Je suis moi-même gendarme et je trouve déjà cela suffisant ! C'est pour ces raisons, entre autres, que je me suis refusé à esquisser le moindre rapprochement avec l'un de mes collègues. Par peur de ne pas être à la hauteur, par peur de ne pas avoir de vie de couple, par peur que l'armée ne prenne toute la place... Aujourd'hui se rajoute la peur diffuse, mais ô combien réelle qu'il meure un jour en mission.

Alors, à la difficulté de vivre à plus de mille kilomètres l'un de l'autre, s'additionne celle de ne pas percevoir le moindre espoir d'évolution. C'est une torture. Je vais, viens, assurant mon service comme si de rien n'était, cependant qu'aux tréfonds de moi-même, je suis agitée par des questions sans fin et surtout sans réponse.

Cet été, nous voilà affectés, Baloo et moi, à la surveillance des forêts des Landes, ce qui n'est pas pour nous déplaire ni à l'un ni à l'autre. Quitter Paris, les écuries et leur milieu clos, est un soulagement. Dehors, au milieu des sous-bois odorants, je peux laisser dériver mes pensées. Au pas actif et pourtant paisible du grand alezan, je songe à Serguéï, à nous, à notre avenir. En avons-nous seulement un ? Se voir pour quelques heures volées à une vie aux antipodes de ces moments de tendresse, est-ce ça notre avenir ? Est-ce tout ce que nous pouvons espérer ? Rien de plus que quelques journées glanées de-ci de-là ?

Je n'ai plus quinze ans pour me complaire dans une amourette sans avenir. J'aspire à autre chose, maintenant que je me suis faite à l'idée que nos relations n'étaient pas basées uniquement que sur le sexe. Je suis tombée amoureuse de lui, sans le vouloir, sans « faire exprès », c'est arrivé, voilà tout. Maintenant, que faire avec ces sentiments ? Les oublier ? Les cadenasser dans mon cœur ? Les nier et se contenter d'une relation uniquement sensuelle ? Je sais que c'est impossible. Mon cœur s'est ouvert, je ne peux pas le refermer.

Et Sergueï, que pense-t-il ? La situation lui convient-elle ? C'est difficile à savoir, il n'est ni très bavard ni très expansif, et moins encore lorsqu'il est question de ses sentiments. Discuter avec lui d'un tel sujet, sans avoir l'air ni invasive ni de le pousser dans ses retranchements, est tout sauf simple. Et puis lorsque nous pouvons nous voir, enfin, nous avons si peu de temps… Est-ce pour le gâcher en discussions ?

Tout ce dont je suis certaine, c'est qu'il tient à moi, cela semble indéniable, tout autant que jamais il ne quittera la Légion. De toute façon, il est hors de question que j'exige cela de sa part ! La Légion est le seul endroit au monde où il a pu se reconstruire, se bâtir une nouvelle vie. Je sais tout ce que cela représente pour lui ! Pour rien au monde, je souhaite qu'il y renonce, même si c'est à mon propre détriment… Parce que l'amour est aussi fait de compréhensions et de sacrifices, pas seulement de plaisir à prendre. C'est ce que je rumine, en arpentant les interminables chemins de sable brûlant, sous le soleil pesant de l'été.

Je suis heureuse d'être là, en fin de compte, loin de mon train-train quotidien, au cœur de la nature, hors du tohu-bohu parisien. Notre mission n'est pas très complexe : nous devons surveiller cet immense massif, presque essentiellement composé de pins maritimes.

Cette forêt artificielle, plantée dans le milieu du XIXe siècle, est fragile, à la merci du moindre feu. Les patrouilles, afin de prévenir tout incendie, sont une nécessité absolue. C'est donc une autre routine qui nous tient durant les quatre mois où nous restons là. Une routine qui me va. Je sens Baloo s'épanouir lui aussi, loin du bruit et de la puanteur de la ville. Sans doute ne sommes-nous, ni l'un ni l'autre, des citadins !

Au bout de quelques semaines, j'arbore un magnifique bronzage agricole : bras et visage à demi-brûlés par le soleil, par comparaison le restant de mon corps parait d'un blanc encore plus vif. Pour le côté sexy on repassera ! Baloo, de son côté, loin du manège et d'exercices de dressage, affiche un petit ventre estival qui fera hurler le capitaine à notre retour ! En attendant, nous profitons du soleil et de ces heures paisibles de déambulations dans les chemins sablonneux.

Je regrette que Sergueï ne puisse venir, au moins pour quelques jours, mais je sais combien il lui est compliqué d'obtenir des permissions sur le continent. Pour compenser, nous nous envoyons des photos de nos journées, prises sur le vif. Ce n'est pas assez, mais c'est mieux que rien ! Mon cœur bondit à chaque fois, lorsque son sourire s'étale sur l'écran de mon smartphone.

Fin septembre, avec Baloo nous reprenons le chemin de Paris, retrouvant nos habitudes, entre manège et patrouilles dans la capitale.

Mon bronzage s'estompe en même temps que Baloo reprend des abdos.

Durant l'hiver, Sergueï part pour une opération de quatre mois quelque part en Afrique. C'était prévu, je ne dois pas en être étonnée, toutefois la mise en abîme de sa réalité de soldat, me prend de court. Discuter par écran interposé c'est déjà notre quotidien, bien qu'à cela se rajoute une inquiétude sourde, que je réprime de toutes mes forces. Au travers de conversations Skype, même si son treillis est couvert de poussière et que ses traits accusent fatigue et tensions, il me sourit de ce sourire si doux qui illumine son regard. Il m'affirme que je n'ai aucun souci à me faire, ils ne sont là qu'en soutien des troupes régulières. Les djihadistes s'enfuient devant eux, pas assez fous afin d'entrer en contact direct avec la Légion ! Il rigole, dit que c'est très pépère, moins risqué que d'assurer la sécurité au parc des Princes ! Comme toujours il sait me rassurer, même si je ne le serai tout à fait que lorsque je serai dans ses bras, certaine enfin qu'il soit bel et bien vivant.

Ces longues semaines d'inquiétudes me font mûrir, me faisant soudain comprendre combien mes rêves ont évolué. Toute ma vie, ou presque, j'ai voulu intégrer la Garde. J'y suis parvenue à force de volonté, réalisant ce rêve et le vivant jour après jour depuis plus de sept ans. Mais à présent, ce quotidien n'est-il pas devenu une routine ?

J'aime toujours mon métier, mais n'en ai-je pas fait le tour à présent ? Quelle surprise me réserve-t-il ? Je dois admettre que je ronronne dans mon service, et que, sans aucun doute possible, cela sera une réalité de plus en plus prégnante. J'aspire à des défis, c'est une certitude, tout autant que mes rêves ont évolué : aujourd'hui c'est de Serguëi dont je rêve…

Il a fini par revenir, en pleine forme, débordant de bonheur de me retrouver. Nous avons pu passer deux semaines ensemble, deux semaines prises sur l'adversité, deux semaines pour se ressourcer dans la chaleur de l'autre. Deux semaines à se demander comment nous pourrons vivre loin l'un de l'autre, comment nous pouvons envisager l'avenir sans l'autre, sans cet amour brûlant qui nous étouffe presque. Aucun de nous deux n'a de réponse. Nous ne pouvons que continuer, et avancer coûte que coûte.

Quelques semaines après son retour d'OPEX, le voilà reparti pour un stage long et difficile à Djibouti, en plein désert.

C'est pour moi une sorte de déclic : je ne peux pas continuer comme ça ! Je dois prendre une décision, et advienne que pourra !

CHAPITRE 11

ELLE

ALORS que je bénéficie d'une permission, je décide de la passer à Avignon, chez moi, ou plutôt chez mes parents. Cela fait longtemps que je ne suis pas allée dans le Sud, et que je n'ai vu ma famille. Tout mon temps libre, je m'arrange pour être en Corse…

Je descends du TGV, et n'ai même pas à chercher : papa est là, debout sur le quai, sa courte barbichette de digne professeur s'agitant dans le vent. Le cœur battant, je l'embrasse, respirant avec un bonheur indicible les senteurs portées par le mistral. Elles viennent tout droit des collines, amenant avec elles des rêves de liberté aux parfums de thym, de romarin, de poussière et de soleil de plomb.

Mon père, toujours si vieille France, me prend mon sac des mains, comme si j'étais un fragile bibelot et que je risquais de me déboîter la clavicule ! Je proteste que je peux le porter, ce à quoi il ne répond même pas ! Nous gagnons le parking écrasé de soleil, tandis que le vent secoue les arbres qui tentent de pousser dans le but ultime de dispenser de l'ombre aux véhicules stationnés.

Il dépose le sac dans le coffre, pendant que je m'installe côté passager, retrouvant avec plaisir le confort douillet de la vieille Audi. Je me demande si un jour il a eu une autre voiture !

Quelques minutes plus tard, nous stoppons devant un mas, vieux bâti restauré, devant lequel deux platanes majestueux s'épanouissent. Poussant le portail en fer forgé, qui grince comme autrefois, j'entre dans la maison qui a bercé mon enfance. Chaque recoin porte en lui une histoire, un souvenir. Là, je jouais avec mes chevaux en plastique, ayant aménagé un coin centre équestre au pied rassurant et ombragé de l'un des deux vénérables. Plus loin je m'exerçais au foot avec mon frère et ma sœur, sur la pelouse racornie et grillée qui s'étend près de la piscine.

Au bruit fait par la voiture, maman passe la tête par la fenêtre de la cuisine, me criant d'entrer. En deux enjambées, je franchis le perron, pousse la lourde porte peinte en vert olive et je suis dans la maison. Un couloir recouvert d'antiques carreaux de ciment, dessert toutes les pièces, alors qu'un escalier en pierre grimpe à l'étage. J'ouvre la porte à ma droite, pénétrant dans une belle cuisine baignée de soleil. Maman, les bras couverts de farine, se retourne, se précipitant vers moi, et tant pis pour les taches !

— Oh ma chérie, te voilà enfin ! Tu vas bien ? Je fais des oreillettes pour le dessert.

Ma mère, professeur d'histoire dans un lycée de la ville, est une petite femme vive et souriante, aux cheveux gris, coupés courts. Elle est originaire de Marseille ce qui explique son accent !

— Tout va bien maman !

Elle m'inspecte d'un coup d'œil, avec une précision inatteignable par aucun scanner, avant de lâcher, tout en retournant pétrir sa pâte.

— Tu as l'air fatigué, ma coucoulette…

— Euh… Je bosse pas mal en ce moment, je marmonne, sachant pourtant que ces cernes n'incombent pas à mon service.

Maman fronce les sourcils, me lance un nouveau coup d'œil, achevant de former une belle boule de pâte sans mot dire. Elle la place au frais avant de se laver les mains.

— Tu sais que Théo a eu sa promotion ? Il est nommé responsable de tout le secteur Asie, il était content !

Elle sourit à cette nouvelle, heureuse de la réussite de mon frère aîné, qui après de brillantes études, est devenu cadre dans un grand groupe international. Depuis quelques années il vit à Pékin, et si la distance est une difficulté, il semble pleinement apprécier son job, faisant du même coup la fierté de nos parents.

— Et Eloïse ne va pas tarder ! Elle me demande sans arrêt quand est-ce que tu descends un peu nous voir et pourquoi tu ne viens pas plus souvent !

Se faisant, elle me colle dans les mains un plateau débordant d'assiettes et de verres, son regard empli d'un certain reproche. Avant même que je puisse répondre, elle fait d'un ton sec :

— Oui je sais, tu as ton service, je sais !

De concert, nous passons dans la salle à manger, où toutes les deux nous dressons la table.

— C'est la vérité maman ! Je n'ai pas de jours fixes de congés !

Nous sommes interrompues par le bruit de la porte d'entrée qui se rabat, et de pas claquants dans le couloir. Soudain une longue jeune femme se précipite vers nous, nous embrassant en criant de joie. Autant maman et moi sommes petites, autant Eloïse, tirant du côté de papa, a hérité d'une silhouette tout en longueur.

— Alors ! Te voilà enfin ! Je ne pensais pas te revoir avant d'être ménopausée, dis donc !

Je hausse une épaule, réprimant un sourire.

— Je bosse m'dame !

Ma sœur m'entraîne vers la partie salon de l'immense pièce, me poussant dans un canapé, pendant que notre mère court surveiller la cuisson de la gardianne de toro.

— Oui oui, tu bosses, ça, c'est la version officielle, maintenant dis-moi le reste !

Eloïse n'a pas seulement hérité sa taille de papa, de son amour de l'enseignement, étant elle-même professeur, mais aussi de son acuité d'observation. Elle aurait fait des merveilles en tant qu'agent durant la guerre froide ! Rien ne semble lui échapper.

Je tente d'éluder en bottant en touche :

— Jérôme est là ?

— Oui, il papote élagage des oliviers avec papa. Réponds et ne cherche pas à biaiser !

— Je ne cherche rien, j'ai beaucoup de boulot, figure-toi ! Cet été, j'étais en patrouille dans les landes et…

— Et quoi ? Tu n'as jamais de perm' ? Tu veux faire croire ça à qui ? Bon, il s'appelle comment…

Je sursaute, blêmis, rougis, balbutiant quelques onomatopées incompréhensibles.

— Alors ? Il faut une pince à escargot pour que tu parles ?

— Purée y a pas plus chiante que toi, je grogne en lui renvoyant un coup d'œil assassin.

— Ça, c'est un postulat, donc passons à d'autres informations ! Il s'appelle comment ce mec avec qui tu dois vraisemblablement passer tout ton temps ? À moins que tu en aies plusieurs ?

— Oh ça va, il s'appelle Sergueï Ivanov, c'est bon, satisfaite ?

Étonnée, elle me dévisage :

— Pas vraiment, non ! Il est à la Garde lui aussi ?

J'éclate de rire.

— Non pas du tout ! Tu te souviens lorsque je suis partie, il y a presque deux ans sur le GR20, et ben on s'est rencontré là.

— Oh fan ! Et tu comptais nous le dire quand ?

— Au départ, c'était juste comme ça, donc je ne pensais pas vous en parler. Je ne vais pas te raconter tous mes plans culs !

— Et maintenant… ?

Je baisse la tête, me mords les lèvres, des larmes que je tente de canaliser montant directement depuis mon cœur.

— Maintenant, c'est différent…

— Oh… Cool ! exulte Eloïse.

— Non pas cool en fait, parce qu'il vit et bosse en Corse et que moi, ben je suis à Paris.

— Je vois, mais bon il peut, peut-être, trouver un boulot pour se rapprocher de toi, non ? Qu'est-ce qu'il fait ?

— C'est un peu ça qui rend notre relation compliquée, je suis garde républicain, et lui… il est légionnaire. Il n'est pas plus mobile que je le suis, tu vois !

Effarée, s'attendant à tout sauf à ça, Eloïse me considère une seconde, avant de répondre :

— Mais… Mais tu n'avais pas un principe de ne jamais sortir avec des collègues ou je sais pas quoi ?

— Disons que c'est un peu plus compliqué que ça, en fait… J'ignorais qu'il était légionnaire et lui, ne savait pas que j'étais gendarme.

— Ah ? Comment est-ce possible ? Légionnaire, ça craint en plus !

— Pas plus qu'autre chose, je la coupe d'un ton agacé.

— Quand même ! Y a des repris de justice au cas où tu ne serais pas au courant ! D'ailleurs tu sais s'il n'a pas tué père et mère, ton mec ?

— Eloïse ! Franchement ! Ils font une enquête approfondie, donc non, ils ne prennent personne qui a commis des actes de sang ou de viols ! Sergueï a sa propre histoire, qui ne regarde que lui, mais il n'est pas un meurtrier ou je sais pas quoi ! Ça fait dix ans qu'il est à la légion, c'est quelqu'un de bien...

Alors que nous discutons, maman revient portant un plat fumant, au moment où papa entre à son tour, suivi par un grand brun aux cheveux embroussaillés par le vent et au sourire ravageur. Jérôme, le mari d'Eloïse, horticulteur passionné et ingénieur agronome. Ils se sont connus sur les bancs du lycée, et depuis ne se sont pas quittés. Il me claque trois bises, tout en remarquant :

— Ça fait plaisir de te voir, dis donc ! Qu'est-ce que tu deviens ?

Sans même me laisser l'opportunité de répondre, Eloïse s'exclame :

— Elle est très occupée à roucouler, figure-toi !

— Oh tu as rencontré quelqu'un, c'est une chouette nouvelle ça, fait Jérôme avec flegme, sans paraître remarquer le ton exaspéré de sa femme.

Maman manque laisser tomber le plat qu'elle tient, tandis que papa se retourne en s'écriant :

— Quoi ?

Tous les regards sont fixés sur moi, porteurs d'émotions diverses.

— Ne vous réjouissez pas trop vite ! remarque Eloïse d'une voix acerbe.

— Ah, pourquoi ? Tu le connais ? demande benoîtement Jérôme.

— Pas besoin !

— Je peux placer un mot ! ? je m'écrie, sans beaucoup de succès.

Une fois ma sœur lancée, autant chercher à arrêter un train en pleine vitesse !

— Oh toi ça va ! Tu en as assez fait comme ça ! Entre gâcher tes études pour finir gendarme et maintenant ça ! Quand cesseras-tu de te conduire en petite dernière trop gâtée ? Tu ne peux donc rien faire normalement ?

Piquée au vif, je me redresse, dardant sur elle un regard glacé, alors que je sens mes pommettes s'empourprer de colère.

— Je mène mes choix ! Ils n'ont pas à te convenir ! Et le « ça » dont tu parles est l'homme que j'aime, donc baisse d'un ton ! Je ne me permettrais pas de juger ta vie, donc laisse la mienne tranquille !

— Attendez les filles, on va s'asseoir et discuter en paix, d'accord, intervient notre père de sa grosse voix professorale, habitué depuis longtemps à nos crêpages de chignons.

Plus ou moins de bon gré, chacun s'installe autour de la table, pendant que maman sert la gardianne accompagnée de riz sauvage. Une délicieuse odeur se répand dans la salle, me rassérénant un instant.

Chacun déguste durant quelques secondes, en silence, puis papa se tourne vers moi, lançant d'un ton posé :

— Allez, Swann, raconte-nous un peu tout ça !

— Il n'y a rien de bien terrible à dire, je marmonne. J'ai rencontré quelqu'un pendant mes vacances en Corse, et ma foi il s'avère que c'est plus sérieux qu'on le croyait au départ...

— Quelle belle nouvelle ! s'exclame maman, les larmes aux yeux, tu as une photo ?

Je sors mon smartphone. Je n'ai même pas à chercher : il me suffit de montrer la page d'accueil sur laquelle Serguei étale son sourire. Je le tends à maman, qui émue, le contemple quelques secondes avant de le passer à papa.

— Il est très beau, ce garçon ! Il a l'air très gentil en plus... Je ne vois pas pourquoi tu criais comme une furie, Eloïse !

Cette dernière jette un coup d'œil à la photo, puis ricane :

— C'est vrai qu'il est pas mal, je comprends pourquoi tu parlais de plan cul...

Choquée, maman fronce les sourcils, nous dévisageant l'une après l'autre. Je rempoche mon téléphone, tout en bougonnant :

— Oui bon ça va, je suis gendarme, pas nonne non plus !

— Maman, le problème n'est pas là, c'est que ta fille vit dans une ville avec onze millions d'habitants et qu'elle n'est pas fichue de trouver un mec qui ne soit pas un repris de justice !

— N'importe quoi ! Serguei n'a jamais fait de prison ! je proteste, furieuse.

— Purée, Swann, ton mec est légionnaire ! hurle alors Eloïse.

Un silence de mort s'abat soudain, alors qu'interloqué, chacun se tourne vers moi. Relevant la tête, je soutiens leurs regards, puis lâche d'un ton froid :

— Serguei est le mec le plus courageux, responsable et fiable que je connaisse. Il est drôle, gentil, déterminé et tendre. Sa vie n'a pas été que linéaire, il vient de Minsk, il est biélorusse, même s'il a obtenu la nationalité française. Il est sergent au 2ᵉ REP, basé à Calvi et oui il est légionnaire ! Mais nul ne se détermine par son seul boulot !

— Enfin là, c'est plus qu'une profession Swann, tu le sais parfaitement, remarque mon père, toujours sous le choc.

— C'est surtout que vous allez vivre comment, si lui est en Corse et toi à Paris, ça ne doit pas être coton, dit Jérôme avec un certain bon sens.

— C'est là tout le problème, je lui réponds, les larmes aux yeux, consciente de l'impasse dans laquelle mon cœur m'a fourré.

Le week-end se termine mieux qu'il n'a débuté, cependant chacun garde scellé au plus profond de lui ses espoirs et ses peines. Je n'en veux pas à Eloïse, je sais que ses cris ne sont mus que par une profonde inquiétude, presque maternelle, à mon égard. Cela a toujours été, pourquoi le temps y changerait-il quoi que ce soit ?

Regonflée par la chaleur familiale, à la fois bourrue et pleine d'affection, je grimpe dans le TGV qui m'emporte à nouveau vers Paris, ses brumes et sa pollution. Quitter la petite ville, où la vie s'écoule, paisible, entre les bords du Rhône et les collines dodues, m'est plus difficile que d'ordinaire. Ballottée par le mouvement lancinant du train à grande vitesse, regardant sans les voir les paysages qui s'écoulent sous mes yeux, je sais avec une certitude absolue, que rien à présent ne m'attend à Paris. Hors Baloo, sans doute !

Que puis-je faire ?

CHAPITRE 12

LUI

À MON retour de Djibouti, alors que le gros-porteur touche à peine le tarmac de la base de Calvi, je reçois un SMS de Swann.

— Rends-toi ici dès que tu peux.

Le message est suivi par une adresse située dans la petite ville côtière.

Intrigué, je lui réponds aussitôt, pour en savoir plus, mais elle se contente de me renvoyer un smiley tirant la langue. Sitôt que je le peux, j'emprunte la voiture d'un collègue, et fonce à l'adresse mystérieuse. Le cœur battant, j'imagine déjà Swann m'attendant dans une chambre d'hôtel ou dans un gîte, loué pour l'occasion. Je n'ai qu'une hâte, qu'une envie : la serrer dans mes bras, retrouver le modelé doux de son corps, la tendresse de ses lèvres et son rire en cascade. Après ces semaines éprouvantes dans la chaleur accablante du désert, je ne rêve qu'à une seule chose : la revoir. Sans doute, n'ai-je tenu que dans ce seul espoir.

La voiture grimpe une courte route en lacets menant à une colline, au sommet de laquelle, perplexe, je stoppe le véhicule. Un portail s'ouvre sur une allée menant à un parking, à l'entrée duquel un panneau annonce « Gendarmerie ». Fouillant les poches de mon treillis à la recherche de mon téléphone, je le retrouve et envoie un court message à Swann :

— Tu m'as envoyé à la gendarmerie !

— Entre, et arrête de flipper !

Au travers du message et des mots, je perçois son rire clair, un brin moqueur. À la fois curieux et plein d'interrogations, je gare la voiture sur le parking faisant face à un bâtiment. Celui-ci est recouvert d'un crépi ancien, entouré par quelques pins qui se balancent mollement dans la brise venue depuis la mer. D'un pas résolu, je sors de la voiture et entre dans la gendarmerie. Poussant la porte vitrée, je pénètre dans une salle servant vraisemblablement à l'accueil. Il y a là quelques chaises ainsi qu'un long comptoir derrière lequel un gendarme enregistre une plainte. Des couloirs mènent vers les différents bureaux de la brigade. Les quelques personnes assises dans la pièce, me dévisagent, effarées par ma présence. Sans doute fais-je tache avec mon treillis et mon béret vert ! Le gendarme préposé à l'accueil, relève la tête, tandis qu'un sourire éclaire son visage. Délaissant, sur un « excusez-moi » la personne dont il s'occupe, le gendarme, ou plutôt la jeune gendarme, s'avance vers moi, les yeux brillants de joie. Il me faut quelques instants pour reconnaître Swann sous cet uniforme au polo bleu ciel et au bas de treillis bleu marine. Une arme pend à sa ceinture, tandis que son grade est visible sur l'échancrure de son polo. Stupéfait, je reste là, à la regarder venir vers moi, si surpris que je ne peux faire aucun geste, hors rester planté comme un grand imbécile !

Sans même se préoccuper des gens qui nous observent, elle me saute dans les bras et m'embrasse, riant de mon ébahissement. Je ne peux que bégayer à mi-voix :

— Mais qu'est-ce que tu fais ici ?

— Je t'expliquerai tout, je finis mon service dans cinq minutes, tu m'attends, OK !

Je hoche la tête, que puis-je faire d'autre ? Elle regagne son bureau d'accueil, lance un sourire à la vieille femme qui vient déposer une plainte, tout en disant :

— Excusez-moi, c'est mon compagnon, il était en mission et vient juste de rentrer… Alors où en étions-nous ?

Attendrie, la septuagénaire en oublie de râler et répond avec bonne volonté aux questions de Swann. Elle s'en va, laissant la place à un homme en bleu de travail élimé. Swann l'accueille d'un sourire :

— Je vais vous confier à mon collègue, fait-elle tout en désignant un gendarme, solide gaillard d'une petite trentaine d'années.

Ce dernier ignore le gars, préférant me darder un regard à la fois scrutateur et interrogateur.

— Je peux faire quelque chose pour vous, sergent ? lâche-t-il.

— Stéphane, je te présente Serguei, mon compagnon.

Surpris, ledit Stéphane me tend la main, marmonnant un vague « enchanté » non sans me jauger du regard.

— Bon, je te laisse gérer, à demain poursuit Swann, avant de m'entraîner à l'extérieur.

Ce n'est sans aucun doute, pas la procédure habituelle, mais pour cette fois ça le sera !

Nous traversons quelques allées sinuant au milieu des pins, tandis que je tente d'en savoir plus. Tapotant un code à l'entrée d'un immeuble bas, elle me cloue la bouche d'un baiser et m'entraîne à sa suite. Nous grimpons trois étages, puis ouvrant une porte d'un tour de clef, elle me fait signe d'entrer. Je me retrouve dans un appartement, inondé de soleil. Avec naturel, elle délace ses rangers, alors que je reste sidéré. Ce n'est que lorsqu'elle se love contre moi et m'embrasse à nouveau, que je reprends un peu mes esprits. La saisissant aux épaules, je l'écarte, plongeant mon regard dans le sien :

— Tu peux m'expliquer ce qui se passe ici ?

Ma voix est froide, plus sèche sans doute que nécessaire. Décontenancée, elle perd son assurance. Elle recule d'un pas, avale sa salive, faisant d'un ton soudain moins enjoué :

— Écoute, c'était ma décision, tu n'as pas à te sentir redevable ou je sais pas quoi ! Ou croire que je vais te jeter le grappin dessus, si c'est ça, ce dont tu as peur !

— Attends Swann, je ne comprends rien à ce que tu dis ! Qu'est-ce que tu fais ici ? Avec cet uniforme ? Tu n'es plus à la Garde ?

— J'ai demandé ma mutation…

Ébahi, je la dévisage, ne mesurant pas encore toute l'étendue de ses paroles.

— De quoi ? Mais… mais c'était ton rêve !

Les larmes aux yeux, elle secoue la tête.

— C'était mon rêve oui, mais celui de petite fille, maintenant mon rêve, c'est toi…

Comme frappé par un coup de poing, je la fixe sans pouvoir répondre. Se méprenant sur mon silence, elle bafouille :

— N'aie pas peur, je n'exige rien de toi ! J'en pouvais plus de Paris et la Garde, après sept ans, j'avais envie d'autre chose…

— Putain, tu as quitté la Garde, je répète, sans pouvoir le croire. Pour moi, j'ajoute avec une incrédulité soulignée par le roulement de ma voix, encore plus prononcé que d'ordinaire.

Elle accroche mon regard, y lisant soudain tout le bouleversement qui m'agite. Elle n'a sans doute pas pensé que j'en serais à ce point troublé et qu'elle serait autant gagnée par mon émotion. Elle s'approche, m'enlace, glissant dans un souffle :

— Je l'ai fait pour nous…

Je referme mes bras sur elle, le cœur battant à éclater. Jamais je n'aurais pensé, espéré, que quiconque fasse un tel sacrifice pour moi. Je la serre à l'étouffer, me noyant dans la tiédeur diaphane de son cou, étourdi, heureux, ne sachant plus vraiment ce que j'éprouve ! Tout ce que je sais, c'est que plus jamais je ne veux vivre loin d'elle.

— Je t'aime Swann… je murmure dans un français rendu âpre par mon accent russe, qui tout à coup ressort de manière criante.

Je cherche sa bouche, l'embrassant comme si ma vie en dépendait, et sans doute est-ce le cas. Elle glisse ses mains sous ma veste de treillis tandis que j'enlève son polo avec une sorte d'urgence. Sans un mot, elle me pousse jusque dans une petite chambre, où des cartons encore fermés attendent qu'on les ouvre. Ça ne sera pas pour aujourd'hui !

Elle me fait tomber sur le lit, où je l'entraîne dans ma chute. La faisant rouler sous moi, je lui ôte son bas de treillis avec une facilité déconcertante. Enfin elle est nue, là sous mes mains, douce, tendre et offerte.

Le temps n'a alors plus de prise sur nous. Il coule, sans même nous effleurer, nous laissant à notre monde dans lequel rien n'a d'importance, hors sa bouche sur la mienne et nos corps qui se mêlent.

Blottie contre moi, elle reprend haleine, alanguie et persuadée d'avoir enfin trouvé sa place, là sur cette île et surtout entre mes bras. Je la contemple avec une sorte d'incrédulité heureuse, les yeux brûlant d'un amour sans concession.

— Tu as vraiment plaqué la Garde, pour venir ici ! ?

Je ne parviens toujours pas à y croire ! Elle se redresse, me renvoie un sourire tout en chuchotant :

— Je n'en pouvais plus de dormir seule ! Tout ce que je veux c'est m'assoupir au creux de tes bras et me réveiller auprès de toi, jour après jour… Je ne souhaite rien d'autre.

CHAPITRE 13

ELLE

CE MATIN-LÀ, tirée du sommeil par la musique matinale de mon smartphone, je découvre Sergueï dormant paisiblement à côté de moi. Un sourire d'enfant erre sur son visage. Il me tient contre lui, une main reposant avec nonchalance sur ma hanche. Soudain réveillé, lui aussi, son regard reflète le sourire doux qu'il me décoche avant de se pencher vers moi et de m'embrasser. Je lui rends son baiser, cependant qu'il se fait plus insistant. Je le repousse sans grande conviction, marmonnant plus pour la forme qu'autre chose :

— Je dois aller bosser…

— Moi aussi, lâche-t-il sans faire mine ni de cesser de m'embrasser ni de promener ses doigts au long de mes courbes, faisant monter en moi des frissons qui m'emportent.

Est-ce bien le moment, je songe, partagée entre bonne conscience et plaisir. Finalement mon esprit cesse de protester, me permettant d'apprécier le moment. Ensuite, prendre une douche et enfiler un uniforme propre, doit s'effectuer en un temps record.

Nous parvenons malgré tout à faire illusion, presque tirés à quatre épingles comme chaque jour. J'achève de tresser mes cheveux en descendant l'escalier, tandis que Sergueï finit de boutonner sa veste de treillis. Nous nous séparons au bas de l'immeuble, sur un ultime baiser. Je perds une seconde à le regarder descendre vers le parking. Ses larges épaules tendent sa veste camo', alors que le soleil matinal se joue en reflets d'or dans ses cheveux, pourtant si courts. Il m'est toujours étrange de le voir arborer béret vert et treillis, mais c'est un détail auquel je finirai par m'accoutumer.

L'esprit et le corps léger, je gagne la brigade, songeant que j'ai eu raison de tout plaquer, ô combien raison de venir ici. Plus jamais je ne veux me réveiller seule, loin des bras de Sergueï.

Je pousse la porte de l'accueil. Une brise marine, accompagnée par un soleil déjà tiède, se lève sur l'île. Sourire aux lèvres, je salue Nadia, l'une de mes collègues qui, la première arrivée, vérifie les appels tout en faisant couler du café. Nadia, en poste depuis près de dix-sept ans, est la mémoire encyclopédique des événements de la région. Elle possède, de surcroît, un don inouï d'observation, allié à une puissante curiosité. En bref elle a dû être chien de chasse dans une autre vie, car une fois le fumet d'un potentiel mystère levé, elle ne lâche pas le morceau tant qu'elle n'a pas eu le fin mot de l'histoire. Elle s'occupe avec passion des interrogatoires, nul ne pouvant passer au travers des fourches caudines de son instinct !

Si elle n'est plus, depuis longtemps, taillée pour un cent mètres, en revanche son esprit est des plus affûtés. Elle me lance un bref coup d'œil, notant les imperceptibles détails qui auraient échappé à tout un chacun, sauf à son œil aiguisé. Elle repère ma coiffure, moins soignée qu'à son ordinaire, les quelques mèches éparses, le sourire un peu trop épanoui accompagné par des cernes inhabituels.

Nous nous faisons la bise, tandis que je m'installe déjà derrière l'ordinateur afin de débuter la paperasse qui semble doubler à chaque seconde, même la nuit ! Elle paraît douée d'une vie propre et se reproduire en parthénogenèse ! Nadia pose devant moi une tasse de café, que j'accepte avec un sourire reconnaissant. Après une nuit très peu consacrée au sommeil, il me faudra sans doute une soupière de caféine afin de garder les yeux ouverts ! La brûlure du café me fait soupirer d'aise, cependant que, sans le vouloir je replonge dans la douceur de la nuit passée. Nadia interrompt la dérive de mes pensées, en lançant :

— Alors pas trop difficile de t'accoutumer à une brigade, après la Garde ?

— Euh, disons que ça change, mais c'est intéressant.

— Les chevaux et tout ça ne te manque pas ?

— Je ne sais pas, je ne crois pas en fait. Tu sais, mon cheval a été réformé, j'ai donc pu l'emmener, c'est un moindre mal !

— Ah ? Tu as ramené ton cheval de la Garde ici ?

— Bah oui, j'ai trouvé un centre équestre super sympa, où il est très bien. Ça le change lui aussi, mais c'est dans le bon sens !

— Un truc m'échappe, pourquoi tu as voulu venir ici, spécifiquement à Calvi ?

Je finis ma tasse, avant de dire :

— C'était pour me rapprocher de mon copain…

Impossible de ne pas répondre à Nadia, qui plantée à côté de moi, me considère avec une attitude toute maternelle : celle de ma mère, qui mon carnet de notes à la main, me demandait des explications sur ma moyenne et les annotations des profs ! C'est tout aussi intimidant à vrai dire !

— Oh je l'ignorais ! Je ne savais même pas que tu avais quelqu'un dans ta vie ! Il travaille à Calvi ?

J'approuve d'un simple signe de tête.

— Tiens j'ai vu un légionnaire traverser le parking ce matin, tu l'as p'être remarqué toi aussi…

— Euh, ça devait être Sergueï… je balbutie, me maudissant d'être tombée sous son joug.

Cette dernière prend un air interrogatif, le même exactement que celui que prenait ma mère lorsque étant ado, elle me demandait où j'avais passé ma soirée, sachant pertinemment la réponse !

— Sergueï ? répète Nadia dans une fausse incompréhension.

— Oui, c'est mon compagnon, là, c'est bon on peut bosser ?! je m'exclame avec un agacement perceptible.

— Ton mec est à la légion ?

Je hausse une épaule.

— Oui, et alors ? C'est interdit ?

— Non du tout, c'est simplement déroutant…

Piquée, je relève la tête, soutenant son regard.

— En quoi ? Je suis ici pour bosser, pas pour avoir des embrouilles, ou qu'on épluche ma vie ou celle de Sergueï !

— Ne t'en fais pas, ce n'est pas le cas ! C'est simplement que nous sommes une toute petite communauté, au cas où tu ne l'aurais pas remarqué, et c'est bien de savoir avec qui nous travaillons. C'est même indispensable, tu ne crois pas ?

J'approuve d'un vague mouvement, sans répondre. Nous sommes finalement interrompues par l'arrivée d'un homme, excédé, qui vocifère après son voisin.

Entre les plaintes à enregistrer et le téléphone auquel répondre, je ne vois pas la matinée passer. Sans doute je préférerais un peu plus d'action et rester un peu moins enfermée, mais il y a un prix à payer pour tout, et peut-être est-ce celui que je dois débourser afin d'être près de Sergueï… Si c'est le cas, je suis prête à remplir de la paperasse jusqu'à la fin de mes jours !

En début d'après-midi, le capitaine me convoque dans son bureau, sur un simple « Chef Magnan, je peux te voir ? »

Je suis étonnée des rapports à la fois amicaux et peu formels qui existent au sein de la brigade. À la Garde, l'ambiance était certes détendue, cependant le rapport aux supérieurs l'était bien moins ! J'entre dans le bureau de l'officier en charge de la brigade, refermant la porte derrière moi, tout en me plantant dans un garde à vous impeccable.

— Maréchal des logis-chef Magnan, à vos ordres mon capitaine !

Le capitaine, quadragénaire à la moustache frémissante, me jette un coup d'œil si ce n'est surpris, du moins interrogateur.

— Repos, Chef !

Il me considère quelques secondes d'un air pensif, avant de dire :

— Alors comment tu t'accoutumes ici ?

— Très bien mon capitaine !

— Très bien ? Tu as une passion pour le travail de bureau ?

J'esquisse un sourire, que je réprime aussitôt :

— Euh pas vraiment, capitaine…

— Tu es actuellement à l'accueil, ne prends pas ça comme une quelconque brimade, c'est uniquement dans le but de t'accoutumer au fonctionnement d'une brigade. Je pense que c'est très différent de ton poste précédent, non ?

— Oh oui, c'est sûr !

— Ne t'inquiète pas, tu iras sur le terrain, et cet après-midi tu accompagneras Stéphane pour un contrôle de vitesse. Ce n'est pas très palpitant, mais ça fait aussi partie de nos fonctions.

Se rencognant contre son fauteuil, il darde sur moi un regard pénétrant.

— Et sinon tu t'adaptes à la vie sur l'île ? Ça doit bien te changer de celle à Paris !

— J'aime beaucoup la Corse, et je ne suis pas du tout citadine, donc avoir quitté Paris est un soulagement.

— Bien ! Mieux vaut en effet aimer la nature, par ici !

Il laisse s'étirer quelques secondes, avant d'ajouter :

— Tu as spécifiquement demandé ce poste, ici à Calvi, afin de te rapprocher de ton compagnon, c'est bien ça ?

J'acquiesce :

— Oui mon capitaine !

Je me demande où il veut en venir, et je suis tout à coup inquiète.

— Il est légionnaire, c'est ça ?

— Oui capitaine, il est sergent au 2e REP.

— La légion n'a pas très bonne presse ici, même si les légionnaires ne nous causent d'ordinaire pas beaucoup de souci, hors quelques débordements lorsqu'ils touchent leur paye… La mentalité des gens est particulière, ils se méfient des continentaux sans exception, plus encore des gendarmes, donc je ne parle même pas de la légion ! À tout te dire, ta situation est inhabituelle, j'espère qu'elle ne viendra pas trop perturber le service et notre relationnel avec la population locale…

Effarée, je le dévisage, sans pouvoir m'empêcher de rétorquer :

— Je ne vois pas en quoi cette relation, d'ordre privé, regarde qui que ce soit !

— Tout ce qui se passe au sein de la brigade me regarde ! De surcroît, ici tout se sait, donc je ne donne pas trois jours pour que cette nouvelle fasse le tour de la ville !

Je serre les dents, ravalant les remarques acerbes qui ne demandent qu'à fuser, ce qui ne serait pas très judicieux.

Mon supérieur me considère pensivement encore quelques secondes, avant de me faire signe de retourner à mon poste. Je le salue avec raideur, agacée. Toutefois je sais que rien n'est ni simple ni linéaire : je dois accepter l'imperfection de chaque situation, sans quoi je deviendrai folle !

CHAPITRE 14

ELLE

TOUTE ma vie, j'ai fait des choix que mes proches n'ont pas toujours compris, cependant j'ai suivi chacune de mes passions qui m'ont menée à Paris, puis aujourd'hui ici, en Corse.

Cette vie que je me suis choisie n'est pas la plus simple, mais lorsque le matin en me coiffant, debout devant le miroir, je me regarde droit dans les yeux, sans pouvoir me mentir, je ne peux qu'approuver mes décisions. Oui j'ai eu raison de plaquer mes études, d'entrer dans la Garde et à présent d'avoir changé le cap de ma carrière. Même si, pour certains cela peut sembler étrange, je me sens en plein accord avec moi-même, n'est-ce pas suffisant ?

Mes anciens collègues n'ont pas compris. Certains ont tenté de me dissuader, pensant que j'agissais sur un coup de tête et que je risquais de le regretter. Alors que c'est tout le contraire ! J'ai mûri ma décision et mon seul regret aurait été de ne pas tenter cette nouvelle aventure avec Serguei. Oui, beaucoup m'ont seriné que c'était idiot de sabrer ma carrière pour un mec, qui peut-être me plaquerait ou dont je me lasserais. Et alors ? Ai-je eu envie de crier ! J'aurai au moins eu le courage de tenter l'aventure ! Je ne serai pas restée à me demander toute ma vie ce qui se serait passé si… Non, je veux aller jusqu'au bout de cette histoire, peu importe où elle doit me conduire.

Sans doute suis-je trop entière, tant pis !

Et puis habiter dans cette minuscule ville, accrochée entre mer et montagne est loin d'être un pensum ! Le climat ensoleillé, la mer dont je perçois le ressac depuis mon appartement de fonction, sans parler de Sergueï et cette vie si différente que nous nous inventons jour après jour. Lorsqu'il est là, et non pas quelque part en mission, nous avons pris comme habitude de faire un footing matinal, le long des rues étroites de la citadelle, du port Xavier Colonna où bateaux de pêche et de plaisance se balancent mollement, tels de paisibles bovidés à l'attache. J'aime tant courir dans ces aubes délicates, respirant les odeurs conjointes du maquis et celles marines de la Méditerranée, tandis qu'à mes côtés, je distingue la respiration profonde de Sergueï, ses battues qui, claquant sur le bitume, font écho aux miennes. C'est devenu une sorte de rituel, une première habitude qui nous ravit autant l'un que l'autre. La première d'une longue série, qui une à une forgeront le socle d'une relation plus pérenne qu'un simple coup de cœur.

Nous rentrons ensuite, alors que la cité s'éveille à peine. Café, douche, enfiler nos uniformes et gagner nos services respectifs, sont là aussi devenus une routine. Pour plus de commodité, Sergueï a acheté une voiture, un solide pick-up capable non seulement d'arpenter chaque jour les quelques kilomètres séparant la brigade de gendarmerie du Camp Raffalli, mais de nous emmener lors de nos permissions, dans l'arrière-pays de montagnes et de chemins escarpés.

Nous nous séparons au bas de l'immeuble, sur un ultime baiser, le cœur gonflé de bonheur et de reconnaissance. Jamais, ni l'un ni l'autre, nous avons pensé ou même espéré connaître une telle sérénité, partager autant d'amour. C'est un cadeau inattendu, que nous apprécions comme tel.

M'adapter à une vie de couple et vivre dans cette minuscule ville au calme languide, est aussi difficile qu'enfiler une paire de pantoufles douillettes !

Le soleil, Sergueï, Baloo qui somnole dans de vastes paddocks, que puis-je demander de plus ? Pour m'aider à appréhender mes fonctions au sein de la brigade, je sais pouvoir compter sur mes collègues, en particulier sur Nadia et son énergie débordante. Elle me rabroue, mais prend le temps de m'expliquer les procédures lorsque je patauge devant une énième tâche administrative. Mes autres collègues montrent presque autant de patience, aussi mon intégration s'effectue sans plus de stress que nécessaire.

Tout est une nouvelle aventure et c'est bien ainsi que je le prends : avec curiosité et gourmandise.

LUI

JE NE CROIS pas au destin, même si j'ai toujours su, dans une sorte non pas de prescience, mais plutôt d'évidence, que ma vie s'écoulerait sous le signe des armes et celui d'un uniforme. Devenir soldat était ce qui m'a toujours attendu, ce à quoi je ne pouvais échapper. Toutefois, je n'ai pas pensé pouvoir ressentir un jour, ce que j'éprouve pour Swann. Mes sentiments pour elle sont si forts, que parfois je suis incapable de respirer… Je reste là, le souffle coupé à la contempler. Songer qu'il y a une réciprocité m'est presque inconcevable, tel un cadeau inespéré un matin de Noël… Je ne mérite pas ce bonheur ! Qui suis-je pour recevoir un tel présent ?

Pourtant, lorsque je plonge dans le regard de Swann, j'y lis un amour si fort, si inconditionnel, en miroir si parfait de mes propres sentiments, que j'en viens à croire que moi aussi, je peux rêver à une vie comme tout le monde.

Mais peu importe, tout ce qui compte pour moi, c'est rendre Swann heureuse, rien d'autre n'a d'importance en dehors de mon serment de légionnaire, évidemment ! Ce n'est toutefois pas une tâche bien compliquée : Swann est une sorte de mini soleil, souriante du matin au soir et rien ne semble pouvoir entamer sa bonne humeur. Me réveiller et apercevoir son sourire tendre, c'est tout ce que je demande, rien de plus, jusqu'à la fin de mes jours.

CHAPITRE 15

LUI

TOUT est si neuf, nous devons nous inventer un présent qui va s'étendre à un futur et pourtant tout est si simple. Je ne pensais pas que tout pourrait être si facile ! Comme si la vie avec Swann ne peut qu'être une évidence. Je suis seul depuis si longtemps, j'ai pris tant d'habitudes, que passer à une vie à deux devrait être compliqué... C'est toutefois tout le contraire !

Mon âme, mon cœur, mon corps lui aussi, semblent pousser un ouf de soulagement, comme si toute ma vie je n'avais aspiré qu'à la trouver, elle, mon soleil provençal, mon amazone, mon évidence... Chacune des moindres habitudes que nous nous forgeons en une douce routine, m'est un baume, un pansement qui vient réparer mon cœur meurtri. Rien ne changera mon passé, mais elle seule changera mon avenir.

J'aime tout de cette vie qui s'ouvre devant nous, et même si parfois j'éprouve une peur irrationnelle, je la lui tais et la lui cache. Parfois je la regarde, songeant que j'ai tant de chance, trop peut-être... Sans doute n'ai-je pas assez l'habitude du bonheur, pour avoir confiance dans sa pérennité, mais j'y travaille !

De toute façon je ferai tout afin qu'elle garde son sourire et son rire en cascade !

ELLE

Au fur et à mesure que les jours et les semaines s'enchaînent les uns aux autres, je suis de plus en plus détendue, alors qu'une sérénité inédite me submerge. Lorsque nous avons un jour de congé nous filons dans l'arrière-pays, attelant au pick-up un van d'occasion que je me suis offert, et en route vers l'aventure à la découverte de chemins oubliés.

Baloo s'adapte à sa nouvelle existence avec autant de facilité que moi ! Il s'étale dans la poussière de prairies grillées de soleil, sans plus de façon qu'un simple poney de club ! Pour inaugurer cette nouvelle vie qui s'offre à nous, je lui ai acheté un bât et des caisses qu'il porte avec une nonchalance de mulet. Ainsi nous partons tous les trois, pour de courtes escapades qui nous réconcilient avec le monde. La nature ici est un enchantement ! Tant de paysages différents, se mêlent et se rejoignent ! Chaque pas est une découverte, un émerveillement. Baloo apprécie autant que nous, et le soir, tenu par une longue corde, il se régale de l'herbe odorante du maquis.

Sergueï n'a jamais été en contact avec des chevaux, ça se voit à chacun de ses gestes et pourtant, il s'ajuste aux besoins de Baloo, s'applique et s'intéresse. C'est un univers inconnu qui l'interpelle et le questionne. Sa curiosité, sa capacité d'adaptation, me fascinent : je n'ai jamais rencontré quelqu'un comme lui auparavant !

LUI

ALORS que j'imaginais l'équitation comme une activité de princesse, je comprends que c'est tout le contraire ! C'est un sport âpre et rude ! Un sport de courage et de remise en question, et c'est sans doute ça, aussi, qui a forgé une telle âme à Swann. C'est une guerrière !

Aussitôt que nous le pouvons, nous partons randonner dans les massifs qui entourent Calvi. Je les connais par cœur, toutefois les parcourir avec Swann est à chaque fois une découverte. Elle charge son cheval avec le matos, ce qui ne semble pas une activité habituelle pour lui, mais à laquelle il se plie volontiers. Je crois qu'il savoure ces balades autant que nous !

En fin de journée nous trouvons un endroit où bivouaquer et je laisse à Swann le soin d'en décider. J'ai compris que le confort de son Baloo passait avant le nôtre, du moins a-t-il des besoins très spécifiques. Une fois que Swann a trouvé le spot parfait pour la nuit, avec de l'herbe et de l'eau, nous montons notre bivouac dans les grincements des criquets et les senteurs du maquis. J'aime tellement ces moments !

Nous nous installons sur un rocher encore tiède de soleil, elle s'appuyant contre mon épaule tandis que derrière nous, le grand Selle Français mâchouille des découvertes culinaires. Nous nous laissons imprégner par le paysage, par l'instant, sans besoin de parler. Être ensemble nous suffit.

Comment est-il possible qu'une seule personne puisse changer une vie ? Je ne l'aurais jamais cru avant, avant Swann, avant qu'elle ne bouleverse mon monde…

Sans doute est-ce cela le bonheur !

CHAPITRE 16

ELLE

EN DEHORS de nos moments ensemble, Sergueï et moi, je dois avouer que la vie ici m'enchante ! Que Paris semble loin ! Même mon service au sein de la brigade me plaît chaque jour un peu plus. Je participe à présent aux missions comme n'importe quel gendarme, même si parfois je me sens un peu désorientée, bah je m'y fais de mon mieux ! Mes collègues m'aident avec une gentillesse et une solidarité qui m'épatent. Mon intégration s'est donc faite sans heurt, et je dois beaucoup à Nadia qui m'a guidée avec une patience infinie. Nous sommes très vite devenues amies, malgré nos différences d'âges et d'intérêts, ou peut-être grâce à ça ! Qui sait ! ?

Nadia n'est pas Corse. Elle a été mutée dans l'île, il y a presque dix-huit ans et puis elle est restée par amour du pays et par amour tout court. Elle a rencontré Cyrille qui tient un chouette restaurant de poissons, face au port. Ils ont quatre enfants, et j'ignore comment ils font pour tout concilier ! Enfin Nadia y parvient, et la voir s'agiter, engueuler l'un, l'autre tout en riant est un spectacle dont je ne me lasse pas ! Parfois elle me fait penser à Honorine Cabanis la mère de Fanny, dans la trilogie de Marcel

Pagnol. Oui je sais, mes références sont un peu trop souvent littéraires, une vraie tare familiale !

J'ai l'impression d'avoir trouvé un chez-moi, le seul endroit sur cette planète où je peux être moi-même. C'est aussi déroutant qu'inattendu !

Avec Sergueï, nous essayons tant bien que mal, que nos métiers respectifs ne prennent pas trop de place dans notre relation. Avec les services que nous effectuons, c'est loin d'être évident ! Ce n'est pas toujours possible. Les soirs de paye il n'est pas rare que nous arrêtions quelques légionnaires, et les invitions de manière plus ou moins musclée à venir finir leur nuit au poste. Notre mission prioritaire est de préserver le calme de la petite ville : avec un camp de légionnaires tout à côté c'est un vrai défi !

Au matin, nos cellules de dégrisement sont souvent pleines : touristes qui ont confondu Calvi avec St Tropez et jeunes légionnaires qui ont claqué leur solde en quelques heures.

C'est presque devenu une routine ! Ah oui que les écuries de la garde sont loin !

Je tiens encore souvent l'accueil, parce que c'est un poste qui *in fine*, me plaît. J'aime cette impression de pouvoir faire quelque chose pour les autres, même si ce n'est que répondre au téléphone, rassurer et transmettre les urgences ! Je suis aussi chargée de contacter le camp Raffalli afin qu'ils viennent récupérer leurs gars, maintenant calmés.

Je dois dire que la première fois où j'ai vu Sergueï, escorté par deux légionnaires de la police militaire, j'ai eu un choc !

Il s'approche du comptoir derrière lequel je me tiens, me décoche un sourire, l'un de ses sourires si doux qui me transpercent et me chavirent.

— Alors où sont mes gars…

Je le vois hésiter, ravaler un mot tendre, avant d'opter pour un « Swann » plus sobre. Je me perds une seconde dans son regard, balbutie, m'étiole avant de reprendre mon contrôle.

Sans un mot, j'en suis incapable, je les précède vers nos cellules. Ils ont leurs procédures, nous avons les nôtres, mais nous parvenons à trouver un terrain d'entente. Les gardes qui accompagnent Serguei sortent sans ménagement les soldats encore éméchés. Ces derniers n'en mènent pas large, lorsque Serguei se plante devant eux, les considère d'un œil froid, avant de leur asséner quelques mots bien sentis.

C'est une autre facette de lui que je découvre, que je soupçonnais certes, mais qui m'effare néanmoins. Au concours d'engueulade je ne sais pas qui de lui ou Nadia aurait la palme !

Le soir, lorsque nos services respectifs nous en laissent le temps, nous allons faire un tour à la plage, ou bien, main dans la main comme de parfaits touristes, nous déambulons sur le port et nous nous arrêtons manger un poisson chez

Cyrille, le mari de Nadia. Son restaurant est un modeste établissement dont la terrasse donne directement sur le port. C'est lui qui prépare, sans aucun doute, les meilleurs produits de la mer de toute l'île ! Son restaurant, plein de vie, se nomme sobrement « Chez Cyrille ». De toute façon est-ce nécessaire de plus ?

Ses trois fils vont et viennent, aident au service dans un remue-ménage à peine troublé par les cris de Nadia, qui, ici aussi, montre toute l'étendue de son don et de la portée de sa voix ! Cyrille, solide gaillard au rire facile, lui répond avec un accent que les continentaux ont du mal à appréhender. Ils me font sourire et j'avoue que leur complicité me fait rêver : où en serons-nous avec Sergueï dans dix-huit ans ?

Sur un coin de table, Thalia, la petite dernière de cette tribu bruyante, dessine dans le calme, indifférente au brouhaha qui l'entoure. Ses frères, déjà passionnés par la restauration, se voient chef de cuisine ou pâtissier, quand elle ne semble rêver que peintures ou dessins.

Lorsque la journée a été longue et le soleil chaud, nous préférons nous retrouver à la plage pour quelques minutes d'un délassement bienvenu. L'eau est tiède, translucide. Nager quelques brasses lave toute la fatigue, toutes les difficultés de la journée et nous pouvons à nouveau être là, l'un pour l'autre, en ayant mis de côté les événements de nos métiers, qui sans cela, nous encombreraient l'esprit.

Je m'étends sur une serviette ornée d'une licorne, lorsque Nadia surgit avec sa tribu. Le soleil baisse à l'horizon, mais cela n'est pas une excuse semble-t-il, pour ne pas venir faire trempette quelques minutes !

Ses garçons, solides adolescents rieurs comme leur père, se précipitent dans l'eau. Elle pose un sac, étale sa serviette à côté de la mienne. Thalia s'en va à pas menus ramasser quelques coquillages, pendant que ma collègue s'allonge dans un soupir.

— Eh ben on n'est pas si mal ! s'exclame-t-elle avec ravissement.

Je ne peux qu'approuver d'un sourire, alors que les rayons d'un soleil à présent rasant, effleurent mon dos. Là-bas, Serguéï nage avec une vigueur qui le défoule, mais dont je suis incapable ! Je m'étale un peu plus, sentant la chaleur du sable m'envahir avec une douceur bienfaisante. Si je me laissais faire, je crois bien que je m'endormirais !

La voix de Nadia, me tire de mon engourdissement.

— Alors, tu t'y fais à la vie ici, loin de la capitale ?

Je retiens un gloussement.

— Bah, c'est hyper dur, en effet, de s'habituer à la plage après son service...

Serguéï, enfin fatigué, émerge d'une mer presque étale, s'avançant vers nous, un sourire illumine son visage aux traits pourtant durs. Nadia le considère une seconde, avant de me jeter à mi-voix, retenant un gloussement :

— Y a pas que la plage… C'est vrai qu'avoir un mec comme ça dans son lit tous les soirs, oh ma pauvre !

Je me retiens d'éclater de rire, me contentant de lui renvoyer une grimace.

— J'avoue… Mais merci de ta sollicitude !

— Normal ! fait-elle tout en lorgnant sans vergogne sur Sergueï qui nous a rejointes, et qui ignore tout de nos gloussements.

Il attrape une serviette, essuie vaguement l'eau qui s'égoutte, suivant le lacis de sa musculature. Il me lance un sourire, nos regards se mêlent tandis qu'il remarque :

— On y va, *lubimaya*[1] ?

Je hoche la tête, secoue ma torpeur, me relève et en une seconde j'ai enfilé short et t-shirt. Je laisse Nadia à l'agitation joyeuse de sa vie. Je glisse mes doigts entre ceux de Sergueï, et sans qu'il y ait besoin de parler, dans une complicité qui s'étoffe chaque jour, nous rentrons chez nous. Chez nous… Dans ce modeste appartement de fonction qui, en quelques jours est devenu le centre de nos retrouvailles et de la construction de notre couple. S'aimer ne suffit sans doute pas toujours : il faut aussi apprendre à vivre ensemble !

---

[1] Mon amour en russe.

[2] Insulte russe commune.

124

LUI

LORSQUE Swann s'est installée ici, je n'ai pas eu peur une seconde. Je sais qu'elle se posait bien des questions, mais ça n'a pas été mon cas ! Je savais, je l'ai su dès la première seconde où je l'ai vu accroupie à côté de cette femme, ce jour-là sur le GR20 ; je savais que nous étions liés. Ça peut paraître fou, voire stupide ! C'est pourtant l'exacte vérité ! Avant Swann je n'ai jamais eu de relation suivie avec quelqu'un. Je n'en ai jamais voulu ! Jamais rêvé non plus…

Nous couler dans un quotidien pas toujours glamour, je sais que ça inquiétait Swann, même si elle ne le montrait pas, même si malgré cette peur, elle avait tout plaqué parce qu'elle est prête à prendre tous les risques.

Le quotidien aurait pu éroder ce que nous éprouvons : c'est tout le contraire. C'est un émerveillement que de m'endormir en la sentant s'abandonner contre moi, en respirant la douceur de sa peau. Et au matin, rien n'est plus beau que de la voir s'éveiller et les yeux encore pleins de brume, me chercher à tâtons.

Même si je n'ai pas vécu en couple, je connais la vie en communauté, ça, ce n'est pas une découverte : c'est ma vie depuis que j'ai quinze ans ! J'ai passé plus de la moitié de mon existence à m'adapter, à partager avec d'autres, espaces et corvées. Le faire avec Swann est un bonheur ! De toute façon, elle est facile à vivre :

je ne connais personne d'aussi enjouée qu'elle, et puis nous avons la même optique de vie. Sans doute que nos formations militaires respectives, nous ont apporté ce socle commun qui nous permet de ne pas nous prendre la tête pour des broutilles. Je sais passer un balai quand elle-même ne laisse pas traîner ses affaires dans tout l'appart !

Ce n'est toutefois pas parfait… Ainsi je n'ai pas encore réussi à lui dévoiler toute mon histoire. Peut-être ne suis-je pas aussi courageux que j'aimerais le croire, peut-être que lui montrer ce mauvais côté m'est pour le moment encore impossible, sans doute que je ne l'assume pas moi-même, même après tout ce temps… Elle est curieuse, non-rectification : c'est un condensé de curiosité ! Pourtant elle ne me questionne pas, elle attend. Elle attend que je puisse lui confier l'intégralité de ce que je suis. Mais pour l'instant je me cantonne dans une confortable lâcheté, on verra plus tard !

Je lui ai accordé quelques bribes infimes, juste assez afin de calmer les multiples questions qui brillent dans ses yeux. Lui racontant, par exemple, comment j'ai récolté la cicatrice qui barre mon menton. Un accident stupide, lors de l'un de mes premiers sauts en parachute, qui avait occasionné une rencontre un peu violente avec la cime d'un arbre. À vrai dire j'avais eu une chance inouïe et je m'en étais bien tiré !

Je lui ai aussi vaguement parlé de ma famille, du moins celle qui me reste. Beaucoup de légionnaires ont rompu les ponts avec leur passé, leur famille. Ce n'est pas mon cas ! Je m'évertue au contraire à les soutenir de mon mieux. Je ne peux pas être là physiquement alors le seul moyen que j'ai, c'est de leur envoyer la plus grande partie de ma solde. Les légionnaires ont la réputation de claquer tout leur argent en alcool et en femmes, ce n'est pas tout à fait faux, mais là encore ce n'est pas mon cas ! Je me dois d'aider ma grand-mère et ma sœur, je ne peux rien faire d'autre, mais ça, c'est à ma portée…

Swann a semblé tellement heureuse d'apprendre que je n'étais pas seul ! La famille, je m'en rends compte, c'est primordial pour elle. Elle m'a demandé si j'avais des photos, et j'ai fini par lui montrer celles que Natalia m'envoie de temps à autre. Elle s'est récriée que ma sœur me ressemblait, ce qui est sans doute vrai. Comme moi, Natalia a hérité des yeux de notre mère, une transmission qui me rassure et qui m'est aussi douloureuse. Avec Natalia nous avons six ans d'écart. C'est peu, néanmoins je me souviens du jour où elle est née et que mon père, se penchant vers moi, m'a dit d'un ton empreint de solennité.

— Sergueï, tu es un grand frère à présent, tu dois veiller sur ta sœur.

Aujourd'hui encore, c'est ce que je m'efforce de faire…

CHAPITRE 17

ELLE

ÉLOÏSE vient juste de repartir, après avoir passé trois jours ici. C'était un bonheur de l'avoir vue, même si reprendre notre vie tranquille, juste tous les deux, Sergueï et moi, est une perspective qui me va !

Elle est arrivée à l'aéroport, portée par un tourbillon, à la fois curieuse et ravie. J'avais posé deux jours de congé afin de pouvoir passer le maximum de temps en sa compagnie, après tout ce n'est pas si souvent que ça nous arrive. Nous avons à peine deux ans de différence et même si parfois elle se conduit en grande sœur qui sait tout, notre relation est néanmoins fusionnelle.

Elle a grimpé dans notre pick-up en maugréant quelques remarques ironiques :

— Tu ne pourrais pas faire un truc comme tout l'monde ? Même ton choix de voiture c'est du n'importe quoi !

Je hausse une épaule, lui tire la langue comme lorsque nous étions petites, tout en démarrant le gros Ford.

— Mais qu'est-ce que la normalité ?

Elle éclate de rire, baisse la vitre et respire les odeurs mêlées du maquis et de la mer. Quelques minutes plus tard je me gare au pied du bâtiment des logements de fonction. Autour de l'immeuble bas, des pins se balancent mollement, au gré de la brise de mer. Eloïse s'étire en descendant, bâille et remarque :

— C'est pas mal, dis donc !

Nous grimpons chez moi, croisons Betty, la femme de Stéphane qui revient de l'école où elle a déposé ses gamins.

— Salut Swann ! T'es en congé ? dit-elle tout en me faisant la bise.

— Oui ! J'ai pris deux jours afin de profiter un peu de ma sœur ! fais-je tout en présentant Eloïse.

— Oh tu as bien fait ! On ne passe jamais assez de temps avec sa famille…

Puis elle nous laisse sur un « à plus tard, peut-être ». Quelques minutes après je pousse la porte de mon appartement. Eloïse me suit, à la fois étonnée et circonspecte. J'enlève mes sandalettes, préférant glisser pieds nus sur le carrelage frais. Puis je me précipite dans la cuisine adjacente et fais couler un café. Eloïse ouvre la baie vitrée qui donne sur le balcon, et s'accoude à la rambarde. Je la rejoins, pose deux tasses et la cafetière sur la table d'extérieur, tout en lui demandant :

— Tu n'es jamais venue en Corse, hein ?

Elle acquiesce en s'installant dans l'un des fauteuils en rotin.

— Ben, non ! Je sais pas pourquoi… En tout cas ça a l'air magnifique ! Faudra que j'amène Jérôme, il va adorer !

Elle sirote avec délice le café brûlant, tout en regardant autour d'elle. D'un coup d'œil, elle a déjà jugé l'ordonnance du salon !

— T'es pas mal installée, pitchoune !

— C'est sûr qu'il y a pire comme endroit...

— Bon, t'es toujours aussi obsédée par l'ordre, ça, je suppose que c'est foutu pour que tu changes !

— Tu vas encore me reprocher de ne pas être bordélique ?

— Non, mais là tout est rangé au millimètre, c'est presque effrayant ! Il le prend comment ton chéri ? Parce que peuchère, j'imagine même pas s'il fait tomber une chaussette par terre quoi !

Je retiens un éclat de rire. Je suis tellement heureuse de retrouver ma sœur, même si elle est plus pénible que tous les démons des enfers !

— Il ne met jamais aucune chaussette par terre, il est ordonné, figure-toi ! Même si c'est un concept qui t'échappe totalement, et bien certains êtres humains sont capables de ranger derrière eux... C'est le cas de Sergueï !

— Dieu garde ! Tu as trouvé un mec aussi toc toc que toi ! Bon et il est où ?

— Il bosse...

— Ah c'est comme ça qu'on dit pour qualifier ce qu'il fait... lâche-t-elle d'un ton moqueur.

— Je t'aurais bien emmenée au camp, histoire que tu vois ce qu'ils font là-bas, mais il est interdit aux civils. Tu devras te contenter de reportages sur YouTube si le sujet te passionne tant ! Et puis ce matin on va aller se balader en ville et ensuite plage. Ça te va ?

— Tu n'es plus aussi susceptible que lorsque tu étais p'tite, c'est moins drôle, marmonne-t-elle en riant.

— J'ai grandi que veux-tu !

Finalement nous avons passé une journée épatante, pleine de rires et de « tu te souviens » qui nous a permis de nous retrouver. Avoir choisi de suivre mes rêves, mes passions, m'a conduite à quitter ma région, laisser ma famille derrière moi. Au début, j'ai beaucoup langui et culpabilisé, mais quel choix aurai-je dû faire ? Continuer ces études où je m'ennuyais ? J'ai suivi mon cœur, même si ce fut au prix de bien des sacrifices…

Alors, aujourd'hui, retrouver Eloïse, passer quelques jours avec elle, c'est aussi renouer avec moi-même, renouer avec mes racines et cette petite fille que je suis encore, que je ne cesserai jamais d'être.

En fin de journée, alors que la fraîcheur gagne enfin l'île, nous nous posons dans les fauteuils du balcon pour une séance de vernis. J'ai l'impression que nous avons à nouveau dix ans. Nous avons tout oublié, pour quelques heures, et qu'est-ce que ça fait du bien !

J'ai sorti tous mes pots de vernis à ongles, et nous rions en nous décorant mutuellement les doigts et les orteils, en rose, noir ou pourpre.

C'est ainsi que Serguei nous découvre en rentrant, les pieds en appui sur la rambarde afin que le vernis puisse sécher.

— Eh ça va les filles ? Pas trop dur aujourd'hui ?

Je lui retourne un sourire alors qu'il se penche vers moi et m'embrasse. Il sent la poussière et la terre, et son treillis porte une imperceptible odeur de kérosène. Je lui présente ma sœur, qui déroule sa longue silhouette tout en le scrutant de la tête aux pieds.

— Tu as sauté aujourd'hui ? Mon ton est légèrement anxieux.

Bien sûr il est parachutiste, sauter d'un avion fait partie de sa vie, mais cela m'inquiète sans que je n'y puisse rien.

Il hoche la tête, tout en dardant son regard translucide sur Eloïse :

— Alors la Corse, ça te plaît ?

— C'est plutôt pas mal… admet-elle avec un demi-sourire, sans que je sache si elle répond à sa question ou si elle fait allusion à autre chose !

Sans s'en faire, Serguei effleure mon visage d'une main, en murmurant :

— Je vais prendre une douche et me changer, ensuite on peut aller « chez Cyrille », si tu veux ?

Je retiens une fraction de seconde ses doigts entre les miens, approuvant d'un sourire. Je regrette qu'Eloïse soit là, je l'aurais volontiers rejoint sous la douche… Tant pis !

Nous nous retrouvons à nouveau toutes les deux. Eloïse me balance un regard égrillard :

— Eh ben ma vieille, je comprends quand même pourquoi tu parlais de plan cul !

Je lui retourne un coup d'œil railleur :

— Essuie-toi, tu as un peu de bave aux coins des lèvres…

Elle glousse, tout en balançant :

— En même temps y a pas que le cul dans la vie !

— Ah bon… ! ?

Elle me pousse d'un pied impeccablement verni en un dégradé de roses, tout rétorquant :

— T'es con ! Mais tu vois ce que je veux dire ! L'a pas une tête à avoir un doctorat en physique nucléaire, ton chéri !

— Mais qu'est-ce que tu veux que je fasse avec un doctorant quelconque ? ! Sergueï est intelligent, bien plus que la plupart des gens diplômés que je connais. Comme si avoir un diplôme, c'était un vaccin contre la bêtise ! C'est débile de penser ça !

CHAPITRE 18

ELLE

APRÈS le départ d'Eloïse, les semaines, les mois ont coulé, sans heurt hors ceux de nos services, ce qui quelque part, semble suffisant !

Jusqu'à ce jour, jusqu'à ce matin-là...

Le soleil se lève à peine dans une évanescence de roses, alors que des mouettes matinales se poursuivent et se disputent déjà. Je m'étire en grognant, encore endormie. Sergueï, tout à fait éveillé, m'embrasse depuis la nuque jusqu'au bas du dos, me tirant des frissons. Rien n'est meilleur que de me réveiller entre ses bras. Je me retourne, cherche sa bouche, songeant que le service peut attendre cinq minutes.

Soudain son téléphone nous fait sursauter, interrompant l'instant. Contrarié, il se retourne en maugréant je ne sais quoi en russe. Ai-je entendu « *suka bljet*[2] » s'échapper dans un grognement excédé ?

D'une main, il saisit son smartphone, afin de vérifier qui l'appelle à une heure pareille !

Il se redresse d'un mouvement brusque, répondant un « *Da !* » péremptoire.

---

[2] Insulte russe commune.

D'un geste il attrape un bas de treillis, l'enfile tout en se penchant vers moi :

— C'est ma sœur…

Je perçois un éclat inquiet au fond de ses prunelles claires. Je hoche la tête, en le regardant pousser la baie vitrée et s'accouder à la rambarde du balcon.

Je m'étire dans un soupir frustré. Je le contemple quelques secondes, admirant sa silhouette effleurée par les premiers rayons de soleil. La luminosité particulière de l'aube, souligne la musculature de son dos.

Enfin je repousse la couette et me lève en bâillant. Je me couvre d'un T-shirt, avant de faire le lit au carré. Je pense à Eloïse et il me semble l'entendre se moquer de moi en riant « Mais t'es vraiment toc toc ! », ce qui me fait sourire.

Je laisse Sergueï à sa conversation, espérant qu'il n'y ait rien de grave. Jamais Natalia n'appelle le matin, c'est la première fois…

Dans la cuisine je branche la cafetière, sors deux tasses. Je les ai à peine posées sur le comptoir de la cuisine américaine que Sergueï arrive en rempochant son smartphone. Son regard est froid, son visage tendu. Je lui lance un coup d'œil, tout en murmurant :

— Ça va ?

Il attrape la cafetière, sert le café qui fume et embaume. Je le dévisage avec une inquiétude grandissante. Enfin il lâche d'un ton brusque :

— Ma grand-mère est à l'hôpital, elle a un truc au cœur. C'est très grave.

Effarée, je n'ose pas faire un geste. Je me contente de le regarder, ressentant sa peur. Il relève la tête, cherche mon regard, avant d'affirmer d'un ton qui n'admet aucune contestation.

— Je vais aller la voir.

Une chape glacée me saisit, m'étouffant presque. Dans un souffle, je parviens à balbutier :

— Tu risques de te faire arrêter pour désertion !

Il hausse une épaule indifférente. Il a déjà pris sa décision. Je suis tout à coup terrifiée. Je sais que rien ne pourra le faire changer d'avis. Il a évalué les risques, et il est prêt à tout pour sa famille. Je glisse ma main sur la sienne, mêle mes doigts aux siens, tout en soutenant son regard.

J'ai peur. Je ne sais pas tout de son histoire, loin de là, mais ce que j'en connais m'angoisse suffisamment ! Il a déserté et j'ignore la position du Bélarus là-dessus… Ont-ils une politique de prescription ou pas ?

Je prends une ample respiration avant de lancer d'une traite :

— D'accord… Mais dans ce cas je viens avec toi.

Il sursaute.

— Non ! J'ai un passeport français, ça devrait aller !

Il m'attire contre lui, me serre avec force, presque rage, avant de s'exclamer d'un ton mordant :

— Il est hors de question que tu coures le moindre risque !

Je me raccroche à lui, glisse mes mains sur sa nuque rasée, percevant les battements sourds de son cœur qui soulève sa poitrine.

— C'est non négociable ! Je t'accompagne.

— Swann…

— Chut, je suis flic, ça peut être utile.

En réalité j'ignore en quoi ma qualité de gendarme français peut changer quoi que ce soit, en cet instant tout ce que je souhaite c'est être là pour lui. Mais après tout, qui sait ? !

CHAPITRE 19

LUI

JE ME SUIS occupé des billets et après avoir chacun négocié avec nos supérieurs, nous avons obtenu des permissions. Plus les jours passent, plus ma peur grandit, se transformant en angoisse. Je peux la sentir palpiter dans mes veines, tel un animal tapi, prêt à m'engloutir. Mais ça n'arrivera pas !

Enfin nous prenons un avion pour Paris et de là attrapons le vol pour Minsk. Je sens la peur battre à mes tempes. La peur est une amie familière, mais aujourd'hui c'est différent : je n'ai pas peur pour moi, pas peur de mourir, je suis terrifié à l'idée de perdre ma grand-mère… Est-ce que je suis aussi effrayé à l'idée de me faire arrêter en descendant de l'avion ? Pas vraiment, c'est une possibilité, je le sais, mais ce n'est pas ma préoccupation principale. Toutes mes pensées ne sont tournées que vers ma grand-mère, elle qui a tant fait pour moi ; et moi qu'ai-je fait pour elle ?

Je ressasse mes souvenirs mêlés à cette culpabilisation que je porte depuis que j'ai quitté ce pays, sans jamais y être revenu. Je n'ai pas fait l'effort de rentrer, moins par crainte d'une possible arrestation, qu'à cause de la honte lancinante que j'éprouve. Je me suis enfui, je les ai laissées sans nouvelle durant des mois avant d'avoir enfin l'autorisation de les contacter. Je leur en ai fait baver, je le sais, alors sans doute n'ai-je pas eu le courage d'affronter leurs regards.

Je ne suis pas un très bon compagnon de voyage, je le déplore, mais je suis trop préoccupé pour faire semblant. De toute façon Swann est, elle aussi, perdue dans ses pensées. Elle s'est installée en appui contre mon épaule et regarde les nuages défiler sous la carlingue. À un moment je sens son souffle s'apaiser : elle s'est endormie. Tant mieux, ces derniers jours, elle avait l'air fatiguée, autant qu'elle se repose un peu, de toute façon que peut-on faire de mieux ?

Enfin le gros-porteur touche le sol dans un soubresaut : nous voilà au Bélarus, je suis de retour…

Swann se réveille, s'étire comme un chat, me renvoie un sourire lumineux qui coule dans mon âme et me ragaillardit. Nous descendons de l'avion et entrons dans l'aéroport. Chacun de mes pas est à la fois un bonheur et un déferlement de réminiscences. Tout est si familier et pourtant, entendre les annonces dans une autre langue que le français, lire les affichages en cyrillique, me semble choquant et évident en même temps.

Je suis chez moi, même si je suis devenu un étranger dans mon propre pays…

La sensation est étrange. Je n'ai cependant pas le temps de m'y arrêter, nous devons passer les contrôles douaniers. Swann a glissé sa main dans la mienne et je crois que rien au monde ne pourra la faire lâcher ! Elle me serre si fort que je peux sentir ses ongles entrer dans ma peau. Elle marche d'un pas ferme, dardant sur les policiers un regard acide : je crois qu'aucun n'a intérêt à venir provoquer ma p'tite adjudant !

Finalement, nous parvenons devant la vérification des passeports. Swann tend le sien, le douanier vérifie, fronce les sourcils, la regarde à nouveau avant de lui rendre. Elle le rempoche et c'est à mon tour de donner mon passeport. Le gars s'en empare, me demande mon billet retour, vérifie les deux avant de tout me remettre et de me faire signe de passer.

Ça y est ? C'est fait ? C'était aussi simple ?

Swann me lance un regard où je peux lire un soulagement sans borne. Je glisse mon bras autour de sa taille et l'entraîne. Pas besoin de rester ici ! Nous récupérons notre valise, et sans plus de difficulté, nous sortons dans le hall d'arrivée. Des familles sont venues accueillir le retour de l'un des leurs. Quelques touristes s'avancent vers des chauffeurs envoyés par leurs hôtels. Je ne compte pas que quiconque nous attende, pourtant Natalia est là, plantée toute seule au milieu de l'agitation.

Natalia… Lorsque je suis parti elle n'était qu'une petite fille et maintenant c'est une jeune femme de presque vingt-cinq ans ! Nous nous avançons vers elle. Elle semble statufiée par l'émotion. Je la prends dans mes bras, dans un état second. Ma petite sœur, j'ai retrouvé ma petite sœur… Je sens ses larmes couler dans mon cou tandis qu'elle murmure mon prénom. Nous restons là un temps infini, avant que, le premier, je retrouve mes esprits. Elle se mouche, me lance un sourire étincelant qui tremblote d'émotions.

— Natalia, voici Swann, fais-je tout en lui présentant Swann, qui semble elle aussi à deux doigts de fondre en larmes.

Natalia me jette un coup d'œil, en balbutiant :

— Tu ne nous avais pas dit… Je suis tellement heureuse !

Puis sans plus de cérémonie elle embrasse Swann, et je sais déjà que ces deux-là vont s'entendre. Puis moitié en anglais moitié en russe, elle s'exclame :

— Pourquoi tu ne nous as pas dit que c'était sérieux ?

Je hausse une épaule, lui répondant dans notre langue maternelle qui à présent ne m'est plus si naturelle.

— Je ne sais pas. Peut-être parce que j'avais peur…

Elle me lance un coup d'œil plein d'incompréhension, voudrait me questionner, mais répond à la place :

— Tu expliqueras tout ça à grand-mère, elle va être si heureuse de te voir. De vous voir tous les deux !

— On va prendre un taxi et on va aller direct à l'hôpital, d'accord ?

— D'accord. Je vous laisserai y aller, je dois rentrer. Je me charge de vos bagages. Ça te va ?

J'approuve d'un sourire.

Pendant tout cet échange, Swann est restée à nous regarder, sans comprendre, mais elle semble s'en ficher ! Elle est incroyable ! Si je n'étais pas déjà fou amoureux d'elle, je crois que je craquerais aussi sec ! Tandis que nous sortons de l'aéroport et avançons vers la file des taxis, garés-là, je l'enlace, tout en glissant à son oreille :

— Désolé…

— Tu n'as pas à l'être !

Elle se love contre moi, mêle ses doigts aux miens, en chuchotant :

— Je t'aime…

Une émotion me terrasse une fraction de seconde. Je sais qu'elle m'aime, mais c'est un tel cadeau, que j'en suis à chaque fois bouleversé.

Enfin nous montons dans un taxi qui sent le cendrier froid, son chauffeur jovial nous demande où nous allons. Il parle russe avec des intonations biélorusses, comme la plupart des gens. Cela me renvoie soudain à mon père qui fustigeait cet amalgame. Je l'entends encore s'écrier :

— Soit tu parles russe, soit tu parles notre langue, mais tu ne fais pas un ramassis des deux !

Le passé ricoche sur le présent, me donnant le tournis. Par la fenêtre de la voiture, je retrouve les avenues familières, les bâtiments anciennement soviétiques, si éloignés de l'architecture française qui est devenue ma normalité.

Le taxi se gare devant l'entrée de l'hôpital principal, et les souvenirs affluent à nouveau. Je ne suis plus là en compagnie de Swann, mais avec ma grand-mère, tenant crispée dans ma main celle de ma sœur qui ne comprend rien. Nous grimpons les marches imposantes du perron, pour un ultime adieu à maman. Pour notre père il est déjà trop tard, mais nous l'ignorons encore…

Je prends une grande inspiration. Règle le taxi, refoulant les émotions d'hier qui me submergent. Je tends la main à Swann, elle s'y cramponne tout autant pour me donner de sa force que pour se rassurer. Je claque la portière, et nous voici seuls, face à l'entrée qui semble vouloir nous engloutir.

— Allez, viens… chuchote Swann en me tirant légèrement en avant.

Elle a raison. Je suis soudain impatient de retrouver grand-mère. J'oublie le passé, et me reconnecte au présent. À l'accueil on nous indique le numéro de sa chambre, et après quelques minutes à arpenter couloirs et ascenseurs, je toque à une porte semblable à toutes les autres, mais derrière celle-ci se trouve ma grand-mère, ma baba…

Je pousse la porte et nous entrons, Swann à ma suite. Il y a quatre lits, seuls deux sont occupés. Un regard d'un bleu translucide me transperce tandis que nous nous avançons vers le lit où se trouve ma grand-mère. Elle n'a pas changé ! Peut-être a-t-elle plus de rides, je ne sais pas, mais seul son visage pâle et les divers appareils qui l'entourent attestent de son état de santé. Son regard est toujours vif.

Elle ouvre la bouche, puis parvient à balbutier :

— Serguéï ! ?

Je comprends alors que Natalia ne lui a pas dit que je venais, peut-être par crainte que je me désiste à la dernière minute ou bien que je sois arrêté ?

Je me précipite vers elle, en m'exclamant :

— Oui, c'est moi, baba !

Incrédule, elle passe ses mains tavelées sur mon visage, ces mains qui ont tant travaillé pour nous nourrir, ma sœur et moi.

— Tu es devenu si beau, mon garçon, ta mère serait si fière de toi... chuchote-t-elle d'une voix pleine de larmes.

Je la serre dans mes bras, comme lorsque j'étais ce petit garçon perdu et qu'elle était mon seul refuge. Elle qui me semblait un roc, je la sens si fragile. Les rôles se sont inversés, sans doute est-ce à moi de la protéger à présent.

Elle se rallonge contre ses oreillers, me regarde, un éclair de gaîté, le même qu'autrefois, pétille dans ses yeux.

— Je dois être à l'article de la mort, pour que tu viennes !

Je vais pour protester, mais elle poursuit, d'un ton plus sérieux.

— Tu n'aurais pas dû, tu aurais pu te faire arrêter, finir en prison… Mais je suis heureuse, tellement heureuse de te voir !

Puis elle désigne Swann, qui se tient discrètement en retrait.

— Tu ne me présentes pas ?

Je tends une main à Swann qui s'avance, glissant ses doigts entre les miens. Je la sens légèrement trembler. Dans un français à l'accent plus lourd que d'ordinaire, je murmure :

— Swann voici ma grand-mère. C'est elle qui s'est occupée de nous à la mort de nos parents.

Je la sens sursauter, pâlir. C'est vrai que je ne lui avais pas dit pour mes parents… J'ai tant d'explications à rattraper ! Je resserre mes doigts sur les siens, tout en rajoutant :

— Je te raconterai…

Puis je me tourne vers ma grand-mère, et en russe, je fais d'un ton empli d'une fierté que je ne peux dissimuler :

— Baba, voici Swann…

Comme si son seul prénom résume tout ce qu'elle est !

Elle la considère d'un regard empli de larmes, avant de finir par dire :

— Elle t'a accompagné jusqu'ici, donc je suppose que c'est sérieux…

Je hoche la tête, sans rien ajouter. Je sais que mon regard parle pour moi.

— Je suis tellement heureuse pour toi, mon garçon ! À ton âge, il était temps !

Je manque éclater de rire, avant de protester, même si je sais que c'est inutile :

— Je n'ai pas soixante-dix ans non plus !

Puis elle pose mille questions à Swann, que je dois traduire les unes après les autres, auxquelles Swann se plie avec bonne volonté. Finalement, une infirmière vient interrompre cet interrogatoire. Les visites sont terminées, il est temps pour nous de la laisser se reposer.

Je me penche vers elle, l'étreins, disant à mi-voix :

— Je reviens te voir demain, d'accord ?

Elle se raccroche à moi une seconde, avant de bafouiller :

— C'est bien que tu sois venu, et c'est bien pour Vadim, tu vas pouvoir t'en occuper, moi je suis trop fatiguée à présent…

Je la dévisage, sans comprendre, alors que l'infirmière à la poigne de sergent du KGB, nous met dehors, presque *manu militari*, sans que je puisse demander de quoi, ou de qui elle parle.

CHAPITRE 20

ELLE

APRÈS avoir pris un autre taxi, nous voici enfin dans l'appartement de la mamie de Sergueï. Natalia est là. Elle a préparé du thé, des gâteaux, et je ne sais quoi encore. Je suis épuisée, mais soulagée. Finalement tout s'est déroulé mieux que prévu et la grand-mère de Sergueï semble correctement soignée. Sergueï a l'air si heureux, le risque valait sans doute d'être couru.

Je me laisse tomber sur une banquette basse, recouverte d'une couverture chamarrée. J'ai la tête qui tourne. Je m'efforce de respirer profondément, luttant contre un malaise. Une tasse de thé apparaît entre mes mains. J'en bois une gorgée, brûlante et forte, qui me fait du bien. Sergueï me lance un coup d'œil interrogateur et inquiet. Je lui renvoie un sourire rassurant, parce que oui, tout va bien ! Rien ne va sans aucun doute mieux, nulle part !

Ce soir, lorsque nous serons seuls, tous les deux, je lui confierai ce que j'ai appris, la veille de notre départ. Je n'ai pas encore trouvé une seconde pour ça !

Je sirote mon thé, le regarde discuter avec sa sœur, rire et s'exclamer dans cette langue aux tonalités rudes à laquelle je ne comprends rien, mais peu importe. Le voir soudain si pleinement lui-même, me suffit.

Je me détends enfin.

Soudain la porte s'ouvre. Un gamin d'une douzaine d'années entre dans la pièce. Il laisse tomber son cartable, nous dévisageant l'un après l'autre sans comprendre. Son regard, d'un bleu translucide s'arrête sur Sergueï. Le sang semble se retirer de son visage. Il devient d'une pâleur de cendre, avant de s'écrier quelque chose que je ne comprends pas, bien sûr, ses yeux clairs se chargeant d'une colère brûlante.

Avec une haine palpable, il crie je ne sais quoi à Sergueï, qui interloqué, le considère avec effarement. Le gamin se retourne, puis s'élance vers l'entrée, claquant la porte derrière lui.

Natalia est toute pâle. Elle pose une main sur le bras de Sergueï, avant de balbutier je ne sais quoi. Puis elle sort à la suite du gosse et nous laisse seuls. Sans doute va-t-elle le chercher. Je lance un coup d'œil à Sergueï, attendant une explication.

Nos regards se nouent. Je peux lire dans le sien une douleur profonde, mêlée à une colère qui semble faire écho à celle du gamin. Il s'approche, s'accroupit en face de moi, attrape mes mains dans les siennes. Je le sens si tendu, à la fois furieux et malheureux, que j'en suis désemparée. J'ai peur. Une peur irraisonnée me serre la gorge et semble vouloir m'ensevelir. Je me cramponne à lui, sachant déjà que tout a volé en éclats et que nous allons devoir affronter un nouveau paradigme.

LUI

ORSQUE le gamin est entré, j'ai su, j'ai immédiatement compris que le passé, ce passé que je voulais tellement oublier, me revenait en pleine gueule, avec la force d'un boomerang.

Swann s'est décomposée, même si elle ne saisit pas toute la situation, elle en a immédiatement réalisé la gravité. Elle me dévisage, ses yeux tendres pleins de questions, pleins d'amour aussi. Je vais devoir lui dire. Devoir lui raconter, devoir me replonger dans ces moments que je voudrais oublier. Me regardera-t-elle encore avec la même intensité, lorsqu'elle saura…

Je prends une longue inspiration, la même qui m'accompagne lorsque je saute par la portière d'un avion. Je ne suis pas un lâche, bien que je me sois comporté comme tel. Soutenant le regard perdu de Swann, je lance à mi-voix :

— J'aurais dû t'en parler depuis longtemps. Je le sais ! Mais je n'en ai pas eu le courage. J'ai pas eu envie que le passé vienne pourrir notre vie…

Elle va pour parler, mais je la coupe, d'un geste.

— Ne dis rien ! Laisse-moi te raconter. J'étais jeune et con. Je n'ai pas vraiment d'excuse, même si la mort de mes parents n'a pas dû m'aider. Mes parents ont eu un accident de voiture, si grave, qu'ils sont décédés tous les deux à quelques jours d'intervalle. Ma grand-mère nous a récupérés Natalia et moi. J'avais douze ans et elle six. Je me souviens qu'à cette époque j'étais si révolté, si en colère contre le destin ou je ne sais quoi. J'avais l'impression que ma vie était foutue ! Ma douleur était incontrôlable. Je faisais des conneries, tout l'temps. Finalement grand-mère n'a pas eu d'autre choix que de me coller dans une école militaire, après avoir été renvoyé du collège un nombre incalculable de fois. Là, j'ai appris la discipline, à la dure. À dix-huit ans j'étais déjà caporal, parce que finalement, cette vie me convenait. Sans doute avais-je trouvé un exutoire à ma colère en même temps que mon maître. J'ai été envoyé sur la frontière ouest. C'était long, pas très intéressant.

Je m'interromps. Resserre mes mains sur ses doigts glacés, sachant que je dois continuer, même si mon âme, mon cœur, mon corps même, me hurlent de me taire. Je poursuis néanmoins, d'une voix sourde où mon accent rend chaque mot plus rugueux que nécessaire.

— Et puis il y avait cette fille… La fille de mon supérieur, celle du capitaine Vadim Oblov. Elle avait seize ou dix-sept ans, je ne sais plus. Elle était jolie, je m'ennuyais… Un jour son père nous a surpris. Il était fou de rage. Il a juré de me casser, de me faire passer en cour martiale. C'est là que j'ai compris que j'étais allé trop loin dans mes conneries ! Mais c'était trop tard. Alors une nuit, je me suis glissé sous les barbelés et j'ai franchi la frontière. Je savais qu'en France la Légion offrait une deuxième chance, alors j'ai saisi cette opportunité d'une autre vie. Voilà ce que j'ai fait.

Swann est livide. Sans doute ne s'attendait-elle pas à une histoire à la fois si banale et si glauque. J'englobe son visage fin, tiré de fatigue, continuant d'un ton que les émotions qui me submergent, rendent presque froid :

— Le p'tit, c'est son fils… enfin le mien aussi !

Swann sursaute et ses yeux se remplissent de larmes. Elle me repousse, s'exclamant d'une voix brisée :

— Pourquoi ne me l'as-tu pas dit avant ?

— J'ignorais son existence jusqu'à maintenant ! J'ignorais qu'elle était tombée enceinte !

Elle soutient mon regard, cherche à y lire la vérité, n'y voit sans doute que mon désarroi et cette colère qui revient. J'avance une main, et l'attire contre moi. Elle se blottit contre ma poitrine, m'enlace avant d'éclater en sanglots. Je suis anéantie. Moins par ce passé qui revient que par la peine que je lui fais.

Finalement, elle tente de refouler cette détresse qui la noie, balbutie d'une voix pleine de larmes :

— Pardonne-moi, d'habitude je ne suis pas aussi émotive…

Je l'embrasse, la serrant de toutes mes forces. Qu'ai-je à lui pardonner ? Rien ! C'est plutôt moi qui dois m'excuser de lui avoir non seulement caché la vérité, en plus d'avoir été un abruti !

D'une main, j'essuie ses yeux qui débordent, alors qu'elle chuchote :

— Qu'allons-nous faire ?

CHAPITRE 21

ELLE

À PEINE le gosse était-il entré que je savais. Impossible du contraire ! Il est le portrait de son père… Il a son regard, sa démarche et sans doute s'il sourit, son sourire si doux, si beau. J'ai su qu'il était le fils de Sergueï, à la seconde même où il a franchi cette porte.

Est-ce que ça m'a brisé le cœur ? Ça, je ne sais pas, consternée, sur l'instant, c'est certain.

Sergueï me parle, me déroule toute l'histoire, mais je n'entends pas les mots qu'il prononce, je ne cherche même pas à les comprendre, je ne perçois que les émotions qui le chavirent et nous détruisent. Le passé est revenu, et aujourd'hui voilà que nous allons devoir en assumer les conséquences.

Qu'allons-nous faire ?

Au moment où je pose cette question, la porte d'entrée s'ouvre sur Natalia qui revient, poussant le garçon devant elle. Elle est bouleversée elle aussi. Le gamin, lui, a le visage fermé, les mâchoires serrées. Ses expressions faciales sont si semblables à celles de son père que mon cœur se fend. Je n'ai qu'une envie, c'est me ramasser dans un petit coin, et pleurer là, en boule, sur cet avenir merveilleux qui vient de voler en éclats.

LUI

SWANN a raison ! Qu'allons-nous faire ?

À ce moment-là, Natalia entre avec le gamin. Elle me lance un coup d'œil navré avant de lui dire :

— Allez viens, je vais te présenter…

Le gosse se tourne vers elle. Il est fou de rage.

— Je sais parfaitement qui est ce connard qui a engrossé ma mère et l'abandonné ensuite !

Une vague de colère s'abat sur moi. Brutale. Pour qui il se prend ce morveux ? J'avance d'un pas vers lui. Il ne sait rien de ce qu'il s'est passé et j'en ai cassé des plus durs que lui, que croit-il ? Mais Swann s'interpose. Elle s'est relevée d'un bond de la banquette où elle se tenait, et sans même hésiter une seconde, elle se plante devant moi, pose ses mains sur ma poitrine tout en cherchant mon regard.

— Sergueï, non ! Laisse-le ! Il a le droit d'être en colère ! On en a tous le droit…

J'ai toujours admiré la compréhension quasi magique qu'elle a des chevaux, mais maintenant je sais que ça n'a rien à voir avec une quelconque technique ou de l'intuition, c'est de l'empathie. Elle ressent les êtres qui l'entourent, et c'est d'ailleurs ce qui m'a troublé en premier chez elle, à mon insu, mais profondément.

Ses yeux sont pleins de larmes. En trois ans je ne l'ai quasiment jamais vu pleurer et aujourd'hui… Je crois que cela me bouleverse plus que tout le reste. Je la serre dans mes bras, sans un mot. J'en suis incapable.

Le gamin part dans une autre pièce et claque la porte derrière lui, me faisant grincer des dents. La Légion m'a inculqué un respect des autres et du matériel qui est devenu au fil du temps, une deuxième nature. La porte de grand-mère n'a rien à voir avec ses frustrations ! Je me retiens d'aller le lui dire et l'engueuler. Je me contiens, seulement parce que je sais que Swann n'apprécierait pas.

Natalia s'approche de nous, le visage défait.

— Je vais faire du thé… On va s'asseoir est discuter, d'accord ?

J'approuve d'un geste, en rajoutant :

— Si tu as quelque chose de plus fort que du thé, je suis preneur !

Elle m'adresse un court sourire qui me fait penser à ma mère. En grandissant elle lui ressemble tant ! Je trouve ça si beau que maman vive à travers elle.

Nous nous asseyons autour de la table. Cette table en bois vernis est recouverte de tant de nappes, qu'il est impossible de savoir ce qui se cache en dessous. Je l'ai su, quand un jour, j'ai fini par soulever le monticule de couches accumulées. Cela me renvoie à des souvenirs d'enfance que je croyais oubliés : le passé est là, tout autour de moi.

Puis une main se glisse dans la mienne à laquelle je peux me raccrocher : Swann, mon présent, mon futur. Elle se mouche, me lance un regard désolé, si chargé d'amour que je me sens vaciller. Natalia revient. Elle pose une théière fumante ainsi qu'une bouteille de vodka. Elle remplit à ras bord trois verres. Je lève le mien en lançant un sobre « À grand-mère ».

Natalia me jette un sourire tremblotant. J'avale l'alcool d'un seul coup. La brûlure me fait du bien, elle me met cette claque qui me re-stabilise. J'ai soudain les idées un peu plus claires, moins brouillées par toutes les émotions passées et présentes.

— Pourquoi est-il là ?

Natalia soutien mon regard, elle soupire avant de dire à mi-voix :

— Il s'appelle Vadim. Il a onze ans, mais ça, tu t'en doutes ! Sa mère est décédée l'année passée, alors grand-mère l'a récupéré. Il n'avait guère d'endroit où aller… C'est un bon garçon. Il te ressemble tellement…

Je suis sous le choc. Elle est morte ! ? L'histoire n'est donc qu'un éternel recommencement ? Lui aussi doit survivre à la perte de sa mère. Je sais exactement ce qu'il éprouve, y compris sa colère.

— Pourquoi ne pas m'avoir dit avant, que j'avais un fils ?

Natalia hausse les épaules avec une sorte d'accablement :

— Grand-mère pensait que c'était mieux comme ça. Tu avais ta vie. Et puis tout s'est passé de manière brusque et bref… voilà.

Je ne réponds rien. Que dire de plus ? Elles ont fait ce qu'elles ont pu et jugé juste. Que puis-je leur reprocher ?

Swann se sert une tasse de thé, laissant de côté la vodka. Je n'y fais pas attention, je suis un peu trop perturbé par tout ce qui arrive pour m'arrêter à de tels détails, même si ce sont souvent les détails qui dessinent l'essentiel.

Puis Natalia laisse tomber, comme si c'était une évidence :

— C'est à toi de t'en occuper maintenant…

CHAPITRE 22

LUI

M'EN OCCUPER…

Je suis encore abasourdi par ces mots qui ont conduit à un enchaînement presque fou. J'ai l'impression désagréable d'avoir perdu le contrôle sur, ma foi, tout ! Ma vie, ce futur que nous nous imaginions Swann et moi, a volé en éclats. Toute une succession d'événements se sont ajoutés les uns aux autres, et nous ont amenés dans cet avion qui semble flotter en apesanteur au-dessus des nuages. Nous rentrons en Corse.

Grand-mère va mieux, même si elle va devoir faire attention et se ménager. Je doute qu'elle sache toutefois la définition de ce mot ! Natalia fera son maximum afin de s'occuper d'elle, mais elle est interne, elle n'a que peu de temps entre son service à hôpital plus ses cours. Après son examen final, elle tient à poursuivre ses études et faire une spécialité : elle veut être gynécologue obstétricien pour, m'a-t-elle dit, faire évoluer les mentalités et mieux considérer le corps des femmes. J'ai tellement d'admiration pour elle ! Elle a tant de convictions qui la portent. Papa et maman seraient si fiers d'elle.

Ce matin, en partant à l'aéroport nous sommes passés à l'hôpital, dire « au revoir » à grand-mère. Ce fut un déchirement, je dois le reconnaître. Puis Swann s'est approchée d'elle. Elle m'a poussé afin de se pencher vers ma grand-mère qui ne pouvait empêcher deux grosses larmes de déborder. Un sourire tremblait sur son visage alors qu'elle lui tendait son smartphone sur lequel elle avait écrit une phrase, qu'une application s'était chargée de traduire en russe. Je ne pouvais pas voir ce qui était écrit, tout ce que je sais, c'est qu'un sourire a illuminé le visage de ma Baba. Elle a serré Swann contre elle. L'a embrassée avant de murmurer quelques mots que Swann était bien incapable de comprendre, mais elles semblaient s'en ficher autant l'une que l'autre. Au-delà des mots, elles étaient sur le même fil de pensée.

Une fois dans l'avion, je lui demande ce qu'elle a bien pu écrire. Cette question me poursuit depuis tout à l'heure. Elle me renvoie un sourire tendre, lumineux, empli de rire.

— Tu es bien curieux !

Je voudrais lui dire que oui, que tout ce qui la touche de près ou de loin m'intéresse, mais elle ne me laisse pas le temps de répondre. Déjà elle chuchote :

— Je te le dirai ce soir, lorsque nous serons tous les deux. Alors patience !

Puis, d'un baiser, elle met fin à mes questions. Cela ne va pas stopper pour autant mes interrogations, néanmoins ça me fait sourire. Je n'insiste pourtant pas. Un regard lourd de reproches accumulés se pose sur moi. Je le soutiens jusqu'à ce qu'il détourne la tête. À qui croit-il avoir affaire ? Je sens la colère palpiter, prête à exploser. Mais Swann s'appuie contre moi, tout en chuchotant un « Ça va aller » tellement plein de convictions, que je ne peux pas m'empêcher de la croire.

Je ne sais pas ce que je ferais sans elle…

C'est elle qui a couru au consulat français, qui a secoué tant de monde, avec tellement d'autorité et efficacité qu'aujourd'hui Vadim est là, assis à côté de nous. Nous avons obtenu une autorisation provisoire afin qu'il puisse nous accompagner, ou je ne sais trop quoi. J'avoue m'être peu intéressé aux détails administratifs de l'affaire. Je suis un peu trop déboussolé par la tournure des événements et sans doute n'ai-je pas suffisamment de conviction, non plus, pour me battre contre la lourdeur de l'administration ! Pas plus que moi, Swann n'a envie que notre quotidien, notre avenir ne soit gâché, mais elle a aussi des valeurs si profondément humaines, qu'en aucun cas elle ne peut les ignorer. Ce gamin l'a touchée, c'est évident.

Swann c'est le genre de personne qui va se baisser, ramasser un escargot et le déposer en lieu sûr, afin que personne ne l'écrase. Je ne peux pas lui en vouloir aujourd'hui d'être troublée et affectée par cette situation.

Si au moins le gosse ne portait pas le prénom de mon ancien officier ! Ce connard fini, qui quelque part, a lui aussi été la cause de toute cette merde.

Vadim.

Pour l'instant il m'ignore avec beaucoup d'application. Il a mis ses écouteurs et, retranché dans son monde, il joue sur le smartphone que Swann lui a acheté. Je ne sais pas pourquoi elle a fait ça. Elle est parfois une telle évidence et parfois un tel mystère. Néanmoins c'est sans doute une bonne idée, au moins il se tient tranquille !

Il porte sur le monde un regard furieux, plein de colère. Étonnamment Swann semble épargnée par ses ressentiments. C'est déjà ça ! Il ne nous adresse la parole ni à l'un ni à l'autre, ou du bout des lèvres, cependant il s'adoucit au contact de Swann. J'ignore qu'en penser. Une chose est certaine : je ne suis pas prêt, loin de là, à partager Swann avec quiconque, et encore moins avec un pré ado boutonneux !

C'est mon fils, sans aucun doute. Je lui ai donné quelques cellules, ça, je ne peux le nier, il me ressemble trop sur de multiples points ! Mais en cette seconde il n'est rien pour moi, hormis un problème.

CHAPITRE 23

ELLE

Nous voici rentrés, enfin. Nous avons retrouvé la tiédeur de l'air, l'odeur de la mer et celle du maquis. Le changement doit être énorme pour Vadim, un grand écart qui ne va pas être simple. Je suis épuisée. Je crois l'avoir rarement été autant de ma vie !

Nous installons Vadim aussi bien que possible dans la chambre d'amis, puis je file me coucher. C'est à peine si mes jambes me portent encore ! Par chance, je ne reprends le service qu'après-demain. Je n'aurai pas non plus le temps de faire la moindre grasse matinée, car une longue journée de lessives, rangements et courses alimentaires m'attend, sans compter m'occuper de Vadim, évidemment. J'en suis déjà découragée ! Par chance je m'endors aussitôt la tête posée sur l'oreiller.

Je suis tirée du sommeil par, en réalité je ne sais pas exactement par quoi. Il fait nuit noire. Quelle heure peut-il être ? Deux heures ? Trois heures du matin ? Je tâtonne la place à côté de moi, par habitude. Étonnée, je me redresse : le lit est vide, Sergueï n'est pas là. C'est donc l'absence qui m'a réveillée ! Une angoisse me saisit, brutale, presque paralysante. Je m'assois, scrutant les ténèbres et soudain, je le vois, par la porte-fenêtre entrebâillée, accoudé à la rambarde du balcon. Sa silhouette se découpe dans la faible lueur de la lune, seule dans de la nuit.

Que fait-il là, sous les étoiles ?

À quoi pense-t-il ?

Je repousse la couette, attrape un T-shirt posé sur une chaise qui n'a d'autre vocation que d'être une garde-robe. Pieds nus, je m'avance sans bruit. Je sais qu'il m'a entendue : il a une ouïe de chat. Il ne se retourne pourtant pas. Il reste là, torse nu malgré la fraîcheur, perdu dans les méandres de ses pensées. Je pose une main, légère, sur son dos en une caresse tendre, éphémère. Il se retourne, me sourit, soulagé. Il m'attire contre lui, m'enlace, me serre et enfouit son visage dans mon cou puis se détend soudain.

— Qu'est-ce que tu fais là ?

Il me regarde. Je peux percevoir son sourire, doux et tendre, malgré l'obscurité, malgré la nuit.

— Désolé, je ne voulais pas te réveiller, mais je n'arrivais pas à dormir.

— Ne t'en fais pas, je ne bosse pas demain, toi en revanche…

Il hausse une épaule dédaigneuse, se redresse. Une seconde, son regard se perd dans la noirceur des ténèbres, avant qu'il ne fasse à mi-voix :

— Mes conneries m'ont rattrapé et c'est toi qui vas payer, cette idée me rend dingue ! Putain merde !

— Arrête ! Ça va aller !

Il englobe mon visage de ses mains, tout en lâchant d'un ton grinçant :

— Ce n'était pas ce que nous avions prévu…

— Beaucoup de choses arrivent qui ne sont pas prévues, ça s'appelle la vie ! Nous allons nous adapter, tu sais faire ça mieux que quiconque !

Il me regarde, un sourire hésite, tremble, tandis qu'il murmure :

— Tu es tellement positive et optimiste que ça en est flippant, tu le sais ?

Je glisse mes mains dans les siennes, tout en chuchotant :

— C'est rien ce sont les hormones, et de toute façon ce n'est pas l'ultime truc auquel nous devrons nous adapter…

— Les hormones ?! répète-t-il, sans comprendre.

Je le fixe, droit dans les yeux, prends sa main et la glisse sous mon T-shirt, sur mon ventre encore plat, avant d'énoncer, à la fois heureuse et quelque part un peu effrayée :

— Je suis enceinte…

Il reste là, sidéré, avant de finalement pouvoir éructer :

— Qu'est-ce que tu racontes…

— Nous allons avoir un bébé… Je sais ce n'était pas prévu, je ne sais pas ce qui s'est passé avec ma pilule, mais…

Je n'ai pas le loisir de terminer mes explications embrouillées, qu'il m'embrasse, me serrant à m'étouffer. Des larmes frémissent dans ses yeux, cependant qu'il ne parvient plus qu'à bredouiller d'un ton rude où son accent roule, comme s'il avait oublié comment se prononce le français.

— C'est vrai ?

Je secoue affirmativement la tête, bouleversée par son émotion.

— Oui… Je sais qu'on n'en avait pas discuté et je sais que ça va être compliqué de tout gérer, on passe de zéro gamin à deux !

Il me serre contre lui, à m'étouffer, tout en disant d'un ton affirmé :

— On va y arriver ! Tous les deux, ensemble, rien n'est trop difficile, rien ne nous arrête !

— Oui… Enfin en espérant que tu n'aies pas d'autres gosses disséminés dans le monde, sans quoi l'appart va vite être trop petit !

Il éclate de rire, glisse ses mains autour de ma taille encore mince, m'embrasse à nouveau, avant de murmurer :

— Qui sait ! Mais espérons aussi que tu n'en attendes pas cinq ou six !

— Bah, qui sait ! ?

Nos rires se mêlent, tandis que nos corps se cherchent. Enfin rassérénés, à nouveau réunis, à nouveau ensemble pour faire front.

Finalement nous ne dormirons pas beaucoup cette nuit ! Mais cela fait tant de bien de nous retrouver…

À cinq heures, son réveil sonne. Il est déjà debout. Il ne semble même pas affecté par sa nuit quasi blanche ! Il se penche vers moi, m'embrasse en chuchotant :

— Dors *lubimaya*, repose-toi…

Je m'étire, alors qu'il file prendre une douche. J'hésite. Le sommeil me tente, mais la liste des corvées interminables de la journée se déroule et me fait grincer. Autant dire que je peux oublier immédiatement toute idée de traînasser ! Je me lève en bâillant, et file vers la cuisine préparer du café. Je crois que la caféine va être une absolue nécessité si je veux terminer cette journée en vie !

L'aurore est là, dans un chatoiement de roses et de pourpre. Une tasse brûlante à la main, je contemple le lever du soleil, à la fois fatiguée et rassérénée. Sergueï me rejoint. Il a déjà enfilé un treillis propre et achève d'en rouler les manches suivant le nombre de tours codifié. Son sac est fait, il attend dans l'entrée. Il a dû le préparer cette nuit, pendant que je dormais. Je lui tends une tasse, et dans le silence à peine troublé par les cris des mouettes, nous savourons ce premier café et surtout d'être ensemble.

Puis il pose la tasse sur la table, me regarde avant de dire :

— Je pars dix jours en manœuvres dans le maquis, ça va aller ?

— Mais oui, ne t'en fais pas ! Mon ton et ma voix sont beaucoup plus enjoués et affirmatifs que je ne le suis en réalité.

Mais bon, il faudra bien que ça aille d'une manière ou d'une autre !

Je l'accompagne jusqu'à la porte d'entrée. Le cœur battant, parce que je sais que m'occuper de Vadim, aussi compliqué soit-il, n'est pas ma première préoccupation ! Ce qui l'est, c'est l'absence de Serguéï… je n'ai sans doute pas l'âme d'une femme de militaire. Je suis trop dépendante de lui ! Lorsqu'il est absent, j'ai l'impression de ne vivre qu'à moitié ! J'ai l'impression de ne plus parvenir à respirer. Le monde n'a plus ni goût ni couleur. Même si je sais que c'est ridicule, je ne contrôle pas ce que j'éprouve. Il n'est pas encore parti, il n'a pas encore franchi le pas de la porte, qu'il me manque déjà.

Il pose son béret vert sur son crâne, presque rasé, puis m'attire dans ses bras. Je me raccroche à lui. M'imprègne de lui, de son corps, de son odeur, de sa force.

— C'est ça, ce que tu as dit à ma grand-mère, n'est-ce pas ?

Devant mon regard chargé d'incompréhension, il ajoute :

— Tu lui as dit que tu étais enceinte, c'est ça ?

Je hoche, la tête.

— Elle était si heureuse que tu sois venu, et si triste que tu repartes… J'ai pensé que ça lui ferait plaisir.

— Tu as bien fait, même si j'aurais préféré que ce soit à moi que tu le dises en premier…

Je sens des larmes palpiter dans mon cœur, soudain prêtes à déborder. D'une voix basse, je tente d'expliquer :

— C'est ce que je voulais aussi, mais les événements, les circonstances… Enfin je crois que ces derniers jours, ce n'était pas le moment.

— Je sais…

Puis il m'embrasse et son souffle m'emporte. Plus rien n'a d'importance.

CHAPITRE 24

LUI

MA TÊTE ballotte dans le camion qui roule et nous emmène, mes gars et moi, au gré de virages sans fin. Personne ne s'en plaint. Pour une fois, nous ne partons pas du camp à pied avec tout notre barda sur le dos ! Le chauffeur, un caporal qui est avec moi depuis quelque temps déjà, conduit d'une main sûre, permettant à mes pensées de dériver, me laissant le loisir de penser. Dans quelques heures je n'en aurai plus l'occasion. Il faudra que je reste concentré, focus sur l'objectif de cet entraînement dans ce coin reculé du maquis. J'ai pas mal de jeunes recrues, fraîchement arrivées. Ils rient et pensent que le plus dur est derrière eux, mais ils vont vite comprendre ce que c'est que d'avoir intégré le 2e REP, je vais m'en charger personnellement…

Mais pour l'instant, je veux encore penser à Swann. À l'arrière, les gars se rendorment, bercés par le roulis. Je peux penser à elle, à nous, à cette nouvelle incroyable que j'ai des difficultés à appréhender : nous allons devenir une famille ! Nous ne serons bientôt plus un couple, plus seulement deux, mais trois ! Puis je réalise que nous ne sommes déjà plus seuls, avant même que cette promesse ne grandisse dans le ventre de Swann.

Vadim.

Ma gorge se serre. Je pars en laissant toute la responsabilité de mes erreurs à Swann, c'est injuste. C'est sans doute ce qui m'est le plus compliqué à accepter : que le passé vienne réclamer sa place parmi nous et bouleverser cet équilibre que nous avions.

Je sais que nous allons devoir apprendre une nouvelle manière d'être ensemble, et cela m'effraie. Ce gamin me ressemble trop pour que ça me rassure…

ELLE

LA PORTE s'est refermée sur lui. Je prends une longue goulée d'air, tentant de me raccrocher au souvenir de cette nuit, de sa bouche sur la mienne et de ses mains sur mon corps. J'en aurai besoin afin de tenir face à la journée de corvées qui m'attend. Sans compter Vadim… évidemment.

Déjà, une douche !

L'eau brûlante s'écoule sur mes épaules et semble laver la fatigue, l'emporter avec elle, cependant elle ne peut emmener ma tristesse et ce sentiment indéfini, diffus, que j'éprouve pour le gamin.

Vadim.

Il me fait à la fois de la peine alors que dans le même temps, il est l'incarnation des erreurs de Sergueï. Je ne sais pas trop comment ce dernier peut supporter ce rappel d'une manière aussi crue… Nous n'avons pas encore eu l'opportunité d'en parler. Il faudra le faire, j'en ai une conscience aiguë, sitôt qu'il rentrera de ces quelques jours d'entraînement.

Je coupe l'eau, attrape une serviette et m'essuie, mes pensées dérivent, comme souvent dans ces moments occupés par une gestuelle machinale.

Pauvre gamin. Personne ne l'a jamais voulu. Nulle part quelqu'un qui tienne à lui de manière viscérale, nulle part un chez lui où rester et vivre, nulle part une personne qui pense à lui avec tendresse, fierté et inquiétude… Cet enfant est seul face au monde. À présent il est de surcroît transplanté dans un pays dont il ignore tout, la langue comme les habitudes !

Mon cœur se serre. Pauvre gosse !

Je mesure ma chance, immense, d'avoir une famille imparfaite certes, mais une famille auprès de laquelle j'ai une place où me réchauffer. Et puis j'ai Sergueï et cette promesse que nous avons créée, tous les deux. Une bouffée de tendresse remonte depuis mon ventre, me serre la gorge, me faisant monter les larmes aux yeux.

Sergueï.

Il me manque déjà… Ça devrait être interdit d'éprouver autant de douleur que de bonheur ! Décidément je ne suis pas du tout faite pour être femme de militaire !

Une fois habillée, je m'octroie un deuxième café, envoie un message à Sergueï, juste pour lui dire que je l'aime. Je sais qu'il n'aura pas l'opportunité de le lire avant un moment, mais tant pis. Tout en sirotant mon café, je dresse la liste des tâches à faire puis celle des courses. Le frigo est vide. Il faudra que je voie avec Vadim ce qu'il aime ou pas.

Comment allons-nous intégrer ce gamin à nos vies, je n'en ai aucune idée, tout ce que je sais c'est qu'il le faut !

Je suis là, perdue dans mes pensées lorsque je perçois une présence. Je relève la tête et sursaute : Vadim est debout et m'observe. Il a le regard de son père. Une fois encore ce détail me frappe de plein fouet. En plein cœur aussi…

J'attrape mon smartphone, sélectionne une application de traduction et écrit brièvement avant de lui tendre l'écran. Il lit, sort le smartphone que je lui ai offert, dit quelques mots en russe qu'une voix de synthèse traduit aussitôt en français.

— Qu'est-ce qu'on fait aujourd'hui ?

Je suis stupéfaite ! Cet enfant est doué !

Je lui renvoie un sourire admiratif, et lui tends mon propre téléphone mobile.

— Tu peux mettre la même application sur le mien ?

S'il ne comprend pas un mot de français, il saisit l'intention. Il bidouille je ne sais quoi, puis me le rend. L'application est en cours de téléchargement et nous allons pouvoir communiquer si ce n'est de manière fluide, du moins d'une façon moins pénible. C'est déjà ça !

Par l'intermédiaire de notre nouveau moyen de communication, je lui demande ce qu'il veut pour déjeuner. Il hausse une épaule, finit par lâcher :

— Du pain, des saucisses, du thé…

J'en reste coite ! C'est vrai que nos différences culturelles touchent aussi la cuisine !

Je finis par lui trouver un peu de jambon et du pain de mie que je fais toaster, lui promettant d'aller acheter, dès aujourd'hui, ce qui lui plaira.

Il mange ce que je pose devant lui, sans répondre. Il se contente de me renvoyer un coup d'œil, tout en examinant la pièce. Nous sommes installés à la table ronde, posée dans un coin du salon, à mi-chemin de la cuisine américaine. L'appartement n'est pas très grand, mais fonctionnel. Et puis le balcon qui court tout le long du salon et des chambres, est à lui seul le must de cet endroit !

Je me ressers un café, tant pis. Je suis trop épuisée pour lutter contre mon envie de caféine !

Vadim mange sans bruit, avec un appétit qui me fait penser à son père, et mon cœur se tord. Je vais devoir m'occuper de l'enfant d'une autre, n'est-ce pas un peu trop demander ? Je retiens un soupir. Je ne suis pas jalouse de nature, c'est une chance, néanmoins la situation est plutôt compliquée à gérer, que ce soit affectivement ou concrètement !

Puis je regarde le gamin assis sur la chaise face à moi et mon cœur se fend. Pauvre petit…

Ma détresse d'adulte n'est rien, rien en comparaison de ce qu'il vit.

Il boit son thé, mâchonne son pain, en promenant un œil curieux sur ce nouvel environnement. Il s'arrête une seconde sur l'écran plat de notre modeste télé, les posters de Baloo et moi qui ornent un mur. Cependant, ce qui retient son attention, ce sont les photos de son père, certaines prisent lors de divers stages ou missions et l'une, en grand uniforme, fourragère et képi blanc, lors du défilé du 14 juillet. Voyant que je l'observe, il reporte son attention sur son repas, qu'il expédie en trois bouchées.

Pour ne pas le brusquer, après tout il est sans doute normal qu'il nourrisse des ressentiments envers son père tout en en étant curieux, je clique sur l'application de traduction vocale.

— Ah oui, je ne t'ai pas répondu tout à l'heure. Donc aujourd'hui nous avons beaucoup de trucs à faire : en premier aller t'inscrire au collège !

Je le vois grimacer, espérons qu'il soit moins rebelle que son père !

— Ensuite nous devrons faire des courses alimentaires, ça, c'était pour le côté corvées. Après, nous pourrions passer voir Baloo…

Il me lance un coup d'œil interrogateur.

— C'est qui ?

— Baloo ? C'est mon cheval !

— Oh ! Son regard s'est illuminé une fraction de seconde, avant qu'il ne se referme.

Sans m'en faire, je poursuis :

— Et si nous avons un peu de temps nous pourrions aussi passer un petit moment à la plage. Qu'en penses-tu ?

Effaré, il me considère avec stupéfaction.

— La plage ? !

— Oui bien sûr ! Nous sommes sur une île !

Comme il me retourne un regard effaré, j'ouvre Google Maps, et clique sur notre localisation. La carte s'ouvre, dévoilant la ville côtière, et la mer, omniprésente. Il est ébahi.

J'agrandis ensuite la perspective, jusqu'à intégrer Minsk sur l'écran et lui donner une idée de l'endroit où il est et se situer au niveau géographique. Il ne fait aucune remarque, mais son regard stupéfait, parle pour lui. Il a été flanqué dans un avion, trimballé d'un aéroport à un autre sans vraiment savoir où nous l'emmenions… comment ne pas en vouloir aux adultes qui décident pour lui, sans lui demander son avis ?

Une heure plus tard, nous voici devant le collège de la ville. Je n'ai pas pris rendez-vous avec le principal. On verra bien ! Un surveillant nous fait patienter quelques minutes devant le bureau, avant qu'enfin nous puissions entrer. Un homme d'une cinquantaine d'années me serre la main et se présente, me demandant ce qu'il peut faire pour nous.

— Voici Vadim, le fils de mon compagnon, je viens afin de l'inscrire pour le scolariser.

— D'accord. C'est bizarre on ne m'a pas fait suivre son dossier scolaire…

— Euh, oui il est Biélorusse, c'est pour ça.

Son visage se tend, en marmonnant :

— Votre compagnon est légionnaire, je suppose…

Je hoche la tête.

— Très bien. Il a quel âge ce p'tit ? Quel niveau de français ?

— Il a onze ans et il ne parle pas français.

— Pas du tout ?

— Non…

— Eh bien je suppose qu'il va falloir gérer ça… Je l'inscris en 6ᵉ. Voici la liste des fournitures et l'emploi du temps. Nous l'attendons dès demain !

— Merci !

Je lui serre la main et fais signe à Vadim de sortir. Pendant tout l'entretien il est resté assis, sans rien dire, sans pouvoir comprendre ce qui se passait non plus. Une fois dehors je lui explique. Il fait une grimace, la perspective de l'école ne semblant pas le réjouir plus que ça. Je n'ai plus qu'à espérer que sur ce point-là, il ne ressemble pas à son père !

Nous passons une heure ensuite au supermarché afin de remplir le frigo. Là, tout l'intéresse ! Il regarde les rayons de yaourts, de fromages, reste dubitatif devant celui de charcuterie. Enfin nous réussissons à faire nos courses, récupérant non sans mal non plus, celles de l'interminable liste des fournitures scolaires.

Nous rentrons à l'appartement. Je suis épuisée. Après avoir tout rangé il est déjà presque midi, je me dis que nous avons droit à une petite détente. Je ramasse un panier, y fourre deux serviettes et fais signe à Vadim.

— Allez, viens !

Quelques minutes plus tard je gare le pick-up sur le parking du port, face à la mer. Vadim, descend, à la fois sidéré et ravi. Il contemple la mer et nous restons là quelques minutes à nous imprégner de cette immensité. Puis je me tourne vers lui :

— Tu n'as pas faim ?

Il me renvoie un sourire dont la douceur me transperce. Il a le sourire de son père…

Le cœur chaviré par trop d'émotions diverses et opposées, je l'entraîne vers le port. Des bateaux à l'attache attendent paisiblement de naviguer, tandis que des touristes se promènent et se prennent en photo. Les restaurants ont sorti tables et chaises, et déjà l'air se charge de senteurs de poissons grillés qui se mêlent à celles du rivage. Mon estomac gargouille et mes jambes flageolent, lorsque nous remontons la terrasse de Cyrille. Un serveur s'avance vers nous, mais Nadia, le pousse dans un cri :

— Eh te revoilà ! Viens, on va déjeuner toutes les deux !

Pas moyen de résister ! Sans force je la suis, me laissant tomber sur une chaise.

— Eh ben ça va ? T'es toute pâle !

— Oui ça va. Juste de la fatigue.

Je cherche Vadim du regard, mais pas d'inquiétude : il papote déjà avec Thalia. Elle a relevé la tête de ses dessins, curieuse comme sa mère je suppose !

Le serveur pose un soda glacé devant moi, cependant que Nadia murmure :

— C'est qui ce gamin ?

Alors, trop fatiguée pour résister, je lui raconte tout. Je sais que malgré sa grande gueule elle est une tombe, capable de garder tous les secrets qu'elle soutire.

Après mon court récit, elle me considère une longue minute, avant de remarquer :

— En attendant il a l'air d'avoir autant de charme que son père, Thalia est complètement fascinée !

Je me retourne, et en effet les deux enfants parlent et rient, le smartphone posé entre eux sur la table. Les erreurs de traduction les font éclater de rire, et c'est la première fois que je le vois se détendre enfin. Ça m'émeut plus que je ne saurais l'exprimer. Les larmes me montent aux yeux, comme un peu trop souvent en ce moment.

Nadia me renvoie un coup d'œil incisif :

— Et c'est tout comme nouvelles ? Tu n'as pas l'air du tout dans ton assiette.

Je me trémousse sur ma chaise, pensant à Sergueï, à nous, à cet avenir plein de promesses et qui pourtant m'effraie. Depuis quelques jours je suis submergée et la moindre chose me fait pleurer, ce qui est absolument ridicule, j'en conviens. Je repousse ma queue-de-cheval, bois une gorgée de cola et les larmes aux yeux, balbutie, un « tout va bien » des moins crédibles.

Les sourcils froncés elle scrute mon visage, avant de s'exclamer :

— Mais… T'es enceinte toi !

Ses capacités d'observation me sidéreront toujours. Je ne peux que confirmer d'un sourire au milieu de mes larmes.

— Eh ben ! Vous avez comme ambition de repeupler l'île ?

Je retiens un gloussement, pendant qu'elle poursuit d'un ton réjoui :

— Je vois déjà la tête du capitaine lorsque tu vas lui annoncer !

En effet, en voilà un que cette nouvelle ne risque pas d'amuser ! La brigade est en sous-effectif constant, il doit en permanence jongler entre le manque de personnel et de subsides, je n'envie pas sa place !

Après le déjeuner, je me lève, rassérénée par l'amitié aussi chaude que bourrue de Nadia.

Je m'avance vers les deux enfants qui sont restés à papoter en partageant un steak frites. À ce rythme et avec un tel professeur, Vadim va vite apprendre le français !

— Alors, on va à la mer ?

Vadim me renvoie un sourire, hoche la tête, tandis que Thalia s'écrie :

— Je peux venir avec vous ?

C'est ainsi que quelques minutes plus tard, j'étends une serviette sur le sable, pendant que les enfants courent vers les vagues qui s'étalent en petits moutons d'écume.

CHAPITRE 25

ELLE

Toute la nuit, je me suis tournée et retournée, cherchant un sommeil qui ne vient pas, cherchant une présence qui n'est pas là. Dormir sans Sergueï m'est à présent un supplice, et aujourd'hui c'est encore plus vrai.

Enfin mon réveil sonne. Je me lève dans une brume de pensées disparates, me demandant ce que fait Sergueï. Je suis vraiment trop émotive pour être femme de soldat !

Après une douche, j'enfile mon uniforme : treillis, polo, rangers. Je reprends mon service ce matin, pas le temps de traînasser ! Je réveille Vadim qui dort comme un chat. Je ne peux m'empêcher de m'attacher à ce gosse. Quoi qu'il représente, quoi qu'il soit, il est avant tout lui-même : un gamin de onze ans secoué par la vie.

Il me retourne un regard surpris, presque effaré.

— Tu as un uniforme ? Tu es comme…

Il s'arrête avant de prononcer le prénom de Sergueï. Sans doute a-t-il encore trop de ressentiments envers lui, pour ça.

— Non, je suis gendarme ! Policier si tu préfères.

Il hoche la tête, avant de lâcher.

— Ma mère elle ne travaillait pas, elle ne pouvait pas, elle était toujours malade…

C'est la première fois qu'il en parle. Que répondre ? Je ne suis pas psy et je ne sais pas si je suis à la hauteur des enjeux de la situation. Néanmoins, je murmure d'une voix douce :

— Tu sais chacun fait ce qu'il peut face à la vie…

Il se détourne, laisse passer quelques secondes, avant de lancer :

— Mais t'as un pistolet alors ?

Finalement nous parvenons à être à l'heure : lui dans le bus de ramassage scolaire où Thalia lui a réservé une place et moi derrière l'accueil où déjà Stéphane me renvoie un bonjour enjoué.

Allons, tout va peut-être se passer mieux que je le redoute ?

En fin de matinée, un coup de téléphone provenant du collège, met par terre mon bel optimisme. Je m'arrange avec Stéphane pour prendre ma pause. J'en profite pour sauter dans le pick-up et foncer vers le collège, l'esprit préoccupé par une seule idée : il va donc ressembler à son père jusque dans ce détail-là ? !

Quelques minutes plus tard, je gare la voiture dans le parking faisant face au bâtiment scolaire. Je suis contrariée, énervée, déçue aussi. En réalité plus déçue que tout, sans aucun doute…

Dans le bureau du principal, j'aperçois Vadim, assis devant celui de la secrétaire. Il se tient droit, l'air furieux. Lorsqu'il m'aperçoit un éclat de surprise mêlé à une sorte de soulagement, traverse son regard translucide, plein de colère. Je lui retourne un court sourire et saluant la secrétaire, frappe à la porte. Elle n'a même pas le temps de se lever, que j'entre déjà. Je n'ai ni le temps ni l'envie d'attendre le bon vouloir de ce bureaucrate.

Il est derrière son bureau, au bruit de la porte, il relève la tête. Il reste une fraction de seconde stupéfait de voir un gendarme, puis il se reprend et s'exclame :

— Adjudant ! Mais… Que se passe-t-il ?

Je le gratifie d'un salut dans les règles de l'art, tout en lâchant d'un ton sec :

— Adjudant-Chef Magnan ! Je viens pour Vadim Ivanov. Vous m'avez appelée !

C'est seulement à cet instant qu'il me reconnaît. Certes, en treillis et rangers, je ne ressemble plus beaucoup à la jeune femme d'hier, en short et petit top estival !

— Euh, oui… À peine arrivé, il provoque déjà une bagarre, c'est mal auguré de la suite, Madame !

Je lui retourne un coup d'œil froid.

— Et quelles sont les circonstances ? Les raisons ?

— Il s'est battu ! Peu importe !

Je soutiens son regard outré, avant de me retourner, ouvrir la porte et faire signe à Vadim de venir. De mauvaise grâce, il se lève de sa chaise inconfortable et me rejoint. Je sors mon smartphone, lui demandant de me raconter ce qui s'était passé. Le principal est furieux, mais je m'en fiche et mon uniforme me confère une autorité qui l'empêche d'abuser de la sienne. Je suis cependant bien certaine, qu'habillée autrement, son attitude aurait été différente.

Ce genre de type me dégoûte, mais la question n'est pas là. D'un regard, j'encourage Vadim à parler.

— C'est à cause de ce connard, il n'arrête pas d'emmerder Thalia !

— Raconte-moi ce qui s'est exactement passé.

— C'est un débile de 4ᵉ, qui fait chier les filles. Comme il est grand, elles ne peuvent pas se défendre. Ce matin il a pris le carnet de dessins de Thalia et a commencé à le déchirer et piétiner les dessins. Thalia pleurait. Quand j'ai vu ça, je lui ai demandé d'arrêter, il n'a pas voulu, alors je l'ai chopé, je l'ai fait tomber et j'ai récupéré le carnet pour le rendre à Thalia. C'est là qu'il a voulu me frapper par-derrière, mais je l'ai vu. Alors j'ai esquivé et il a lancé son poing dans le poteau, cet abruti !

Je pose une main sur son épaule, percevant sa colère.

— D'accord.

Puis je me tourne vers le principal, qui a tout entendu, sans rien dire.

— Alors, qu'en pensez-vous ? Avez-vous demandé à Thalia quelle est la bonne version de l'histoire ?

— Nous ne sommes pas dans un interrogatoire de police !

— Savoir la vérité sur les faits ne vous intéresse pas, lorsque vous punissez un élève et convoquez ses parents ?

Je darde sur lui un regard froid, avant d'affirmer :

— Je suppose que Vadim peut retourner en classe et que je peux compter sur vous afin de tirer au clair toute cette histoire et surtout qu'elle ne se répète pas !

Tout ça n'a duré que quelques minutes, et moins d'un quart d'heure plus tard, je suis de nouveau à la brigade. Je reprends mon poste, quelque peu rassérénée, je dois l'avouer. Nadia pose une tasse de café devant moi, tout en demandant :

— Alors, il a foutu le feu au bahut ton tchétchène ?

— Eh bien pas du tout figure-toi ! Puis je lui raconte toute l'histoire.

Elle passe par toutes les couleurs de l'arc-en-ciel, pour finir par le rouge de la colère, lorsqu'elle comprend que sa petite Thalia est sans aucun doute harcelée depuis des mois.

— Je vais prendre les choses en main ! maugrée-t-elle d'un ton grinçant, l'œil plein d'un ressentiment glacé.

Nadia c'est une mère louve, il ne faut en aucun cas s'approcher de sa nichée ! Je peux être certaine qu'elle va secouer toute l'île et que plus jamais le gamin n'aura l'envie d'abuser de la faiblesse d'autrui, quant au principal je ne donne pas cher de sa peau…

Le soir, nous nous retrouvons à l'appartement Vadim et moi. Je me change, troquant mon uniforme contre un short et des baskets, puis lui lance :

— Allez viens, je vais te présenter quelqu'un…

Nous grimpons dans le pick-up, lui toujours si silencieux. Nous roulons quelques minutes. Il regarde le paysage défiler, curieux de cet univers si éloigné de ce qu'il connaît. Je quitte la nationale afin de m'engager sur une étroite route qui serpente à l'assaut des montagnes. Enfin je tourne et entre dans une belle propriété bordée de cyprès, entourée de clos qui s'étendent alentour. Des chevaux y sommeillent à l'ombre de pins parasol. Je gare la voiture et descends. Le soleil est déjà bas à l'horizon, mais peu importe. J'attrape un sachet de carottes et fais signe à Vadim de me suivre.

Nous nous dirigeons vers un enclos où se tient un solide poney haflinger et un grand cheval de selle. C'est un peu Laurel et Hardy ces deux-là !

— Eh Baloo !

Au son de ma voix, le grand alezan relève la tête, me reconnaît et grogne de plaisir.

Je passe sous la clôture, l'embrasse et distribue les carottes aux deux acolytes.

— Tu veux leur donner ? fais-je à Vadim, en lui tendant le sachet.

Il hausse une épaule, hésite puis finit par me rejoindre et par leur donner les friandises. J'en profite pour aller chercher un licol aux écuries, le laissant gérer les deux affamés. Lorsque je reviens, il rit et un sourire illumine son visage. Je ne l'ai jamais vu comme ça. Une émotion me saisit, soulagement et joie toute simple, de le voir enfin aussi détendu.

Finalement nous sortons Baloo et l'amenons devant les écuries. Il a besoin d'un pansage approfondi, le pauvre, depuis le temps ! Je montre à Vadim l'utilité des diverses brosses, et soudain un monde inconnu et captivant, s'ouvre devant lui. Il déborde de curiosité. Me pose mille questions et s'applique avec une bonne volonté qui me fait monter les larmes aux yeux. Décidément être enceinte, ce n'est pas un long fleuve tranquille !

Nous restons avec Baloo jusqu'à la nuit, ne partant que sur la promesse de revenir demain soir. Une fois dans la voiture, je glisse que s'il en a envie, je peux lui apprendre à monter. Son regard pétille.

Sans prendre son smartphone, d'une voix qui s'emmêle dans les sonorités nasales, il lance dans un français approximatif :

— Demain ?

Je lui retourne un sourire, tout en affirmant :

— Oui, demain !

Ce soir-là, c'est le cœur plein d'espoir que je me couche, dans le grand lit vide. J'ai hâte que Sergueï revienne pour lui raconter les progrès fulgurants de Vadim. J'attrape son oreiller et m'endors en respirant son odeur.

Finalement, tout va peut-être mieux se passer qu'on ne le craignait ?

CHAPITRE 26

LUI

J'AI TELLEMENT hâte de rentrer. De serrer Swann dans mes bras, de retrouver son sourire, sa tendresse. Ça ne fait que dix jours loin d'elle, pourtant il me semble que des mois se sont écoulés. Je me concentre sur ce que j'ai à faire, mais sans cesse des pensées viennent parasiter ma concentration. Je dois les repousser et cet effort fait aussi partie de notre entraînement, je le sais. Je dois être focalisé sur la mission, car le jour où nous serons largués depuis le ciel, sur un territoire inconnu, forcément dangereux, il ne sera pas question que je sois troublé par mes pensées.

Avec les gars nous sommes épuisés. Combien de nuits sans dormir ? J'ai perdu le compte, et peu importe ! S'il avait fallu faire plus encore, nous l'aurions fait, c'est notre rôle, notre mission. Il n'empêche que je suis heureux de rentrer, heureux que ça se termine. Dans le camion qui m'emporte, nous ramenant à Calvi, je m'endors quelques minutes avant de me réveiller dans un sursaut : bientôt je vais voir Swann. Cette pensée me tient éveillé, le cœur battant, un sourire certainement niais se dessinant sur mon visage, encore couvert de peintures de camouflage.

Je sors mon smartphone, consulte mes messages, cherchant dans une sorte de réflexe, ceux de Swann. Bien sûr elle m'a écrit, quelques mots chaque jour, même si elle savait que je n'aurais pas accès à ces messages avant un moment. Sans pouvoir m'en empêcher, mon cœur fait un triple salto dans ma poitrine et ma fatigue s'envole : je vais retrouver Swann !

Pour meubler le temps, je consulte le restant de mes mails et messages, ceux de Natalia qui me donne des nouvelles de grand-mère, qui se remet doucement, quelques mails peu importants et l'un qui attire mon attention : il provient du collège de la ville. Un instant mon cerveau regimbe, se demandant pourquoi je recevrais un courrier du collège, puis je comprends. Vadim.

Avec tout ça je l'avais oublié ou du moins mis dans un coin de mon esprit où il ne pourrait me déranger. Swann a dû l'inscrire en classe, elle est toujours efficace, c'est aussi l'un des aspects de sa personnalité que j'aime. Curieux, j'ouvre le message, fronce les sourcils. Il y est question de bagarre, de discussions. Je ne comprends pas bien, je suis beaucoup trop fatigué pour ça, mais une colère sourde remonte et me dévaste.

Ce gamin va nous faire chier en plus d'être là !?

Je range le téléphone dans l'une des poches de mon treillis, m'efforçant au calme. M'efforçant de maîtriser cette émotion qui me submerge, m'efforçant de ne penser qu'à Swann que je vais retrouver.

L'aube frémit à l'horizon lorsque le camion s'arrête dans un soupir devant la gendarmerie. Je saute sur le trottoir, mon sac à l'épaule. Pas un mouvement n'agite les hommes qui dorment à l'arrière, appuyés sur le matériel. Je traverse le parking dans l'odeur omniprésente des pins, qui se balancent dans les ténèbres, géants inoffensifs. Enfin je monte jusque chez nous, chacun de mes pas me rapprochant de l'instant où je vais retrouver Swann.

Sans bruit, je pousse la porte de notre appartement et pose enfin mon barda. Je ne sens plus la fatigue. Elle s'est envolée, pour faire place à une euphorie qui me fait presque trembler. Je m'accroupis, dénoue mes rangers que j'enlève dans un soupir satisfait. L'appartement est silencieux, à peine troublé par la lueur des étoiles.

Pieds nus, je glisse jusqu'à notre chambre, pousse la porte. Swann dort, ses cheveux répandus sur les draps. Elle est belle. Si belle. Mon cœur s'étreint d'un sentiment de plénitude, de sérénité que je n'éprouve qu'avec elle. Elle grogne je ne sais quoi dans ses rêves, se retourne et je préfère battre en retraite pour ne pas risquer de la réveiller. Elle a besoin de dormir.

Je vais dans la salle de bains, referme la porte derrière moi, m'étire, avant d'enlever la veste de treillis, raide de crasse. Dix jours à crapahuter de jour comme de nuit dans la montagne, ça laisse des traces. J'ai un peu maigri, mais rien de comparable avec ce que j'avais perdu lors d'un stage en Guyane !

J'enlève mon T-shirt qui va rejoindre la veste, lorsqu'une main effleure mon bras, et qu'une voix murmure dans un mince cri étranglé :

— Sergueï ! ?

Je me retourne, Swann est là, les yeux encore voilés de sommeil. Nos regards se prennent, tandis que sans un mot je l'attire contre moi. Nos corps se cherchent, se retrouvent et se répondent. Je l'embrasse avec une urgence presque folle alors qu'elle se raccroche à moi dans une semblable exigence. Je ne sais même pas comment j'ai pu respirer sans elle durant tous ces jours ! Avec elle dans mes bras, le monde reprend sa normalité.

— Faut que je prenne une douche, je pue…

Je perçois son sourire qui perce les ténèbres, puisque je n'ai même pas éclairé la petite pièce, me contentant de la pâle lueur de l'aurore.

— Ne t'en fais pas, je vais te frotter le dos…

Finalement nous finissons tous les deux sous le jet d'eau tiède, qui coule sur nos corps réunis. Tout est si différent aujourd'hui de notre première nuit ensemble, pourtant rien n'a changé. Nous nous cherchons et nous trouvons avec la même avidité, Mes mains sont faites pour redessiner son corps et mon cœur pour l'aimer. Ces retrouvailles qui font écho à cette première fois, nous enchantent et nous apaisent.

Je ne sens plus la fatigue.

Nous nous installons dans le canapé du salon, avec une tasse de café, regardant le soleil se lever dans une aube laiteuse. Swann s'appuie contre moi, tandis que je l'enlace d'un bras. Nous n'avons pas besoin de parler et ça aussi c'est quelque chose que j'aime tant chez elle.

Finalement elle murmure, comme à regret et cependant inquiète :

— Tu devrais aller te reposer…

— Je vais aller dormir, ne t'en fais pas, mais pas tout de suite…

J'effleure ses lèvres d'un baiser, pendant que mes doigts se glissent dans ses cheveux emmêlés.

— Tu m'as manqué…

Son regard s'embue, lorsqu'elle balbutie :

— Toi aussi, si tu savais comme tu m'as manqué !

Du bout des doigts, j'efface ses larmes, tout en remarquant :

— Toujours émotive ?

Elle glousse, retient un rire :

— Hélas oui ! Nadia dit que ça va passer, j'espère parce que c'est insupportable. J'ai pleuré hier matin en ouvrant le frigo et en remarquant qu'il n'y avait plus de confiture d'abricot ! J'en peux plus de moi !

J'ai encore du mal à appréhender la justesse de tous ces changements : rien, hormis son émotivité exacerbée, ne dévoile encore la promesse qu'elle porte. Je suppose que tout va très vite changer et qu'elle va bientôt prendre une circonférence de montgolfière, aussi surréaliste que ça puisse me sembler. Je le lui dis, la faisant s'esclaffer.

Enfin elle s'étire, bâille et m'envoie me coucher pendant qu'elle part se préparer pour son service. En moins de dix secondes je m'endors, détendu et rasséréné.

J'ai retrouvé Swann.

Je me réveille en fin de matinée. L'appart est vide, silencieux. Je passe un treillis propre avant de filer au camp : j'ai du boulot cet après-midi ! Je vais secouer mes gars à qui j'ai accordé quelques heures de repos : nous avons tout le matos à nettoyer et ranger. Ça ne va pas se faire tout seul !

C'est une longue après-midi de corvées qui m'attend, pourtant j'y vais le sourire aux lèvres. J'ai retrouvé Swann, rien d'autre ne compte.

En rentrant ce soir-là, je ne peux m'empêcher de sourire. Il est dix-neuf heures passées, Swann doit déjà être là. J'ouvre la porte, accueilli par une odeur de nourriture qui mijote et Nickelback qui résonne dans le salon. Oui Swann est déjà là !

J'enlève mes rangers et la rejoins dans la cuisine. Je l'entends parler. Est-elle au téléphone ? Elle m'aperçoit, lâche son découpage de légumes et se précipite vers moi. Mes bras se referment sur elle tandis qu'un regard lourd de reproches accumulés me transperce. Vadim. Je l'avais presque oublié celui-là !

Quelque part, j'ai honte. Je suis parti en lui laissant le soin de s'occuper de tout, y compris de mon fils... Elle est incroyable ! Une vague d'admiration me submerge : comment a-t-elle fait pour ne serait-ce que communiquer avec lui ? J'aperçois le smartphone posé sur le plan de travail et comprends qu'ils ont dû se servir d'une application de traduction. C'est malin.

Elle ne semble même pas avoir le moindre ressentiment envers moi ! Comment est-ce possible ? ! Une fraction de seconde j'imagine l'inverse et non... Noooon ! Je serais incapable d'une telle ouverture d'esprit, d'un tel altruisme !

Je repousse les mèches qui s'échappent sans cesse de sa queue-de-cheval, murmurant à son oreille :

— Tu es stupéfiante ! Je ne sais pas comment tu as fait pour tout gérer ! Tu es...

Elle éclate de rire, m'embrasse avec légèreté, s'échappe de mes bras afin de touiller ses légumes.

Le gosse nous regarde, ou plutôt me fusille du regard ! S'il avait un Famas, je serais déjà raide mort ! Un monde de colère, de rancunes et de détestations pures, passent dans ses yeux clairs, semblables aux miens.

Je soutiens son regard, percevant le frémissement des émotions sombres qui virevoltent en remugles nauséabonds autour de lui. Je réalise qu'il a dû être odieux avec Swann et l'idée m'est insupportable. Je repense soudain au mail provenant du collège. Un voile de colère me saisit, me faisant lâcher d'un ton dur :

— Qu'est-ce que c'est cette histoire de bagarre ? Pas plutôt arrivé, tu fous le bordel ? Tu crois que Swann ou moi, nous avons le loisir pour ça ?

Il se décompose, perd son assurance, avant de me cracher au visage :

— Tu es tellement con !

Puis de s'enfuir dans la chambre d'ami qui est à présent la sienne. Swann n'a rien compris à notre échange, peut-être a-t-elle entendu son prénom, et encore, mais elle a saisi pourtant l'essentiel. La gestuelle et le ton lui ont suffi…

Elle est soudain très pâle. D'un geste sec elle éteint le feu sous le wok, avant de se tourner vers moi, les bras croisés sur sa mince poitrine.

— Qu'est-ce que tu lui as dit ?

Alors je lui réponds, furieux.

— J'ai eu un mail du collège où il fait l'bordel…

D'un geste, elle me coupe :

— Je me suis occupée de ça ! Et ce n'était même pas de sa faute : il défendait Thalia contre un abruti…

Je suis effaré : elle prend son parti !

Nous nous disputons très rarement, surtout parce que Swann a le caractère le plus facile au monde. Lorsque cela nous arrive, c'est si insupportable que j'ai l'impression de mourir à l'intérieur. C'est beaucoup trop douloureux de la voir, non plus avancer avec moi, mais contre moi.

Et là, en cette seconde, elle est plantée devant moi, hors d'elle. Pour rien au monde je ne veux qu'elle souffre où soit en colère, et ce soir c'est le cas. À cause de ce gosse, à cause de moi…

Je serre les dents pour ne pas répliquer, pour ne pas faire monter entre nous encore plus d'incompréhensions. Elle soutient mon regard, sans aucun doute glacé, et qui doit refléter l'agitation de mon âme. Je peux lire dans le sien sa propre colère et sa déception. J'ai l'impression qu'un poignard me fouaille le cœur.

Je tends une main, effleure sa joue, tout en murmurant :

— Je ne veux pas me disputer avec toi…

Elle me dévisage et ses yeux se remplissent de larmes. Je l'attire contre moi et nous nous raccrochons l'un à l'autre dans un chaos de sentiments. Je sens des larmes couler sur son visage, et cela me mortifie : je reviens pour la faire pleurer ?

— Je suis désolé…

Je le suis vraiment, à la fois gauche et empêtré dans tout ce que je suis. Je la sens s'apaiser, et mon propre cœur reprend un rythme moins fou.

Elle me regarde, un pauvre sourire tremblant sur ses lèvres. Je l'embrasse et sa bouche a le goût des larmes, à la fois salé et amer. Plus jamais je ne veux qu'elle pleure par ma faute, plus jamais…

D'une main tremblante elle attrape un bout de papier essuie-tout, se mouche, reprend contenance avant de balbutier :

— Tu sais Vadim est un garçon vraiment intéressant. Apprends à le connaître, et tu verras : il déborde de qualités ! Je sais que c'est compliqué, que ça l'est pour toi et que peut-être ça l'est un peu moins pour moi, parce que lorsque je le regarde, c'est toi que je vois… Alors comment puis-je ne pas l'aimer ?

CHAPITRE 27

ELLE

L A FALLU nous ajuster les uns aux autres, cela n'a pas été simple ! Vadim et Sergueï sont si semblables, ils portent tant de désillusions et de drames sur leurs épaules, que leurs réactions sont souvent exacerbées par leur fardeau d'incompréhension et de douleurs. De mon côté, je suis écartelée entre eux deux, pleurant comme une idiote avec ce surcroît d'émotivité qui me fait sangloter à longueur de journée !

Vadim en veut à Sergueï d'avoir abandonné sa mère et ça, il sera difficile de le convaincre du contraire ! Depuis sa naissance, on n'a cessé de parler de son père qu'en des termes immondes. Je soupçonne son grand-père, l'ancien officier supérieur de Sergueï devenu semble-t-il colonel, d'être le principal coupable de ces rumeurs malsaines. Apparemment celui-ci ne s'adressait à Vadim qu'en l'appelant « le bâtard »… Cela esquisse l'ambiance qui a dû bercer son enfance, pauvre gosse. Il est compréhensible qu'il réagisse ainsi ! Mais il va falloir qu'il réalise que Sergueï n'est pas celui qu'il imagine ou qu'on lui a bâti de toutes pièces.

Il semble apprécier le contact avec les chevaux, insistant afin que nous allions chaque soir voir Baloo. Alors j'ai demandé à la propriétaire de l'haflinger qui partage les sorties en paddock avec Baloo, si elle serait d'accord afin que je fasse monter Vadim. Elle a immédiatement dit oui ce qui est une belle surprise. Elle semble même soulagée, car elle a, apparemment, peu de temps pour s'occuper du poney. Et puis mon aura d'ancien Garde Républicain joue à fond dans ma crédibilité en tant que cavalière et femme de cheval. Tant mieux !

Un soir où nous allons faire le pansage de mon gros saucisson, qui se la coule douce depuis notre arrivée en Corse, je prends aussi le licol du poney et le tends à Vadim.

— Tiens, tu sortiras Gustave !

Il me regarde, étonné. Ses progrès en français sont rapides. Même s'il ne parle pas beaucoup, il enregistre tout.

Je vais chercher le matériel du poney, selle western et filet, et montre à Vadim comment lui mettre. Il est attentif, note tout et j'en suis certaine, la prochaine fois il le fera tout seul. Ce gamin est incroyable !

Enfin, ultime surprise, je sors un casque neuf de l'arrière du pick-up. Il le met sur sa tête, avec une émotion qui une fois de plus, me fait monter les larmes aux yeux. Je ne sais pas combien de temps cette phase de grossesse doit durer, mais là, c'est suffisant !

Je le place sur le poney qui mâchonne un vieux bout d'herbe avec flegme, règle les étriers avant de monter moi-même sur Baloo qui attend avec tout autant de patience. Puis nous voilà partis, au pas des chevaux, dans le soir qui descend et la fraîcheur des montagnes. Vadim ne dit pas un mot, il s'applique à diriger le poney et profite de ce moment entre ciel et terre.

Dans les sentes bordées de rochers et de chênes verts, nous oublions tout, pour ne plus être que des créatures centaures, mi-humaine mi-cheval.

Dans la voiture qui nous ramène à l'appart, il ne dit rien. La tête appuyée contre la vitre et le regard plein d'étoiles.

— Tu sais, la propriétaire de Gustave n'a pas trop de temps pour lui, est-ce que tu crois que tu pourrais t'en occuper à sa place ? Disons le monter deux ou trois fois par semaine ?

Nous n'avons pas besoin de traducteur pour qu'il comprenne !

Un immense sourire illumine son visage, me touchant en plein cœur. Il ressemble tellement à son père…

Cependant, s'il commence à s'habituer à sa vie ici, c'est dû pour une bonne part aux chevaux, mais aussi à Thalia qui est devenue sa grande amie. Ils passent tout leur temps ensemble, elle l'aidant dans son apprentissage du français, tandis qu'il lui apprend à parler russe !

J'aime beaucoup les voir tous les deux : ils rient, s'amusent et se comprennent avec une parfaite évidence. Pourtant s'il paraît peu à peu s'ouvrir et s'habituer à son nouvel environnement, il reste fermé envers Sergueï, avec une obstination qui me fait mal. C'est une souffrance pour tous les deux !

Sergueï, de son côté, l'ignore avec application, semblant m'avoir délégué toutes les responsabilités parentales ! Je laisse filer quelques semaines, espérant un miracle, mais leur mutuel entêtement ne peut qu'amener une situation d'enlisement qui me désespère.

Un soir, pour une rare fois, alors que nous nous retrouvons tous les deux, excédée, j'ose mettre les pieds dans le plat. Vadim est dans sa chambre, faisant ses devoirs ou regardant un animé, tandis que Sergueï et moi, nous profitons du calme de la nuit qui tombe sur la minuscule cité.

— Tu devrais lui parler…

Il sursaute et me dévisage, sans paraître comprendre.

— De quoi ? !

— Vadim ! Tu dois lui parler, tu dois t'en occuper ! Que tu le veuilles ou non tu es son père, merde ! Bon ou mauvais, on n'en a qu'un dans sa vie, et dans la sienne, c'est toi !

Il serre les dents, soutient mon regard, se lève d'un mouvement brusque et va s'accouder à la rambarde du balcon. Il respire profondément, reprend son calme, avant de se tourner à nouveau vers moi :

— Et tu veux que je fasse quoi ? Il me hait !

— Tu ne lui as pas donné d'occasion de t'apprécier…

Je m'extrais du fauteuil où je me suis répandue après une journée difficile, et le rejoins. Je suis fatiguée, énervée par cette situation qui s'étire et se cristallise sans espoir. Je me plante devant lui, dardant mon regard dans le sien.

— C'est comme ça que tu envisages ton rôle de père ?

Il sursaute, pâlit.

— Swann…

— Quoi Swann ? ! Celui-là aussi tu vas l'ignorer ? Je m'exclame d'un ton énervé tout en prenant sa main et la posant sur mon ventre qui s'arrondit imperceptiblement.

Une espérance, de la taille d'un pamplemousse, se niche dans sa main. Je sens ses doigts trembler alors qu'il effleure ma peau. Puis il m'attire contre lui et me serre dans ses bras. Nous restons de longues secondes, rivés l'un à l'autre, tels des enfants perdus dans un monde trop grand.

Puis il murmure d'un ton découragé qui ne lui ressemble pas :

— Que veux-tu que je fasse ? Je n'ai aucune idée de la manière de me comporter avec un gosse ! Tu crois qu'on reçoit une formation pour ça à la Légion ? !

— Personne ne le sait ! Y a pas de mode d'emploi ! Il faut se débrouiller ! Tâtonner, se tromper, essayer autrement…

— Ça te paraît naturel ! Pour moi c'est tout l'contraire ! Tout ce que je sais faire, c'est engueuler mes gars !

— Ce n'est pas vrai ! Tu te dévalorises ! Déjà, pose-toi la question de ce que tu éprouves pour lui, hormis que tu aurais préféré qu'il ne vienne pas bousculer ta vie, enfin notre vie…

Il se redresse, me considère sans mot dire, un long moment, avant de lâcher dans un souffle.

— Tu as raison… Je vais y réfléchir, d'accord ?

— D'accord.

Je sais qu'il va le faire. Je lui fais une confiance absolue.

Je me niche à nouveau dans ses bras et l'embrasse, percevant le galop de son cœur.

Quelques jours passent. Serguëï rumine tout en préparant la commémoration de la bataille de Camerone. C'est un grand moment pour la légion, ce haut fait d'armes qui en 1863 opposa une poignée de légionnaires à plus de deux mille Mexicains. Cette date est devenue celle de la fête de la légion, le symbole de ce corps d'armée particulier qui tient jusqu'à la mort.

Camerone est fêtée dans toutes les casernes de la Légion, ce qui est toujours une période de stress, notamment pour Sergueï qui met toute sa volonté à ce que ses gars soient au top. C'est aussi l'un des seuls moments où le camp ouvre ses portes au public. Familles, touristes ou autres curieux viendront participer à cette fête : tout doit être parfait.

Bien sûr j'ai déjà retenu deux places, une pour Vadim et une pour moi. Il est hors de question que nous ne soyons pas là ! Et puis peut-être que ce sera pour Vadim l'occasion de percevoir son père autrement ?

Sergueï prépare son uniforme de sortie, vérifie que tout soit impeccable, sort son képi blanc et le pose sur la table. Rien ne doit être laissé au hasard, ce mot n'existe d'ailleurs même pas à la légion !

Satisfait, il se sert une tasse de café, alors que je bâille et tente de propulser mon corps récalcitrant, vers cette nouvelle journée. Ce début de grossesse n'est pas un calvaire, paraît-il qu'il y a pire, c'est juste qu'il me semble vivre dans le corps de quelqu'un d'autre : une personne hystérique atteinte de la maladie du sommeil qui plus est ! Je passe mon temps à être épuisée, à me traîner à demi-endormie toute la journée sauf le soir où j'irais enchaîner des marathons ! C'est plutôt déstabilisant pour ne pas dire autre chose…

Sergueï réprime un rire, me tend sa tasse de café et m'embrasse doucement dans le cou. Je m'appuie contre lui et si je ferme les yeux, c'est certain, je me rendors là, debout dans la cuisine !

Soudain, Vadim nous interrompt, nous faisant presque sursauter.

— Eh, il me va !

Ses progrès en français sont stupéfiants, mais je n'ai pas le temps de m'extasier là-dessus, que je l'aperçois arborant le képi de Sergueï qu'il vient de poser sur sa tête. Je vois Sergueï pâlir puis s'exclamer je ne sais quoi en russe, parce que de mon côté le russe c'est sans espoir d'y comprendre quelque chose un jour !

En deux enjambées il est sur lui et lui enlève le képi. Il est blême de colère. Je sais tout ce que représente ce symbole, mais Vadim n'est qu'un gosse de onze ans qui n'a pas pensé plus loin ! Encore une fois, ces deux-là se heurtent ! Vadim part dans sa chambre en claquant la porte, sans doute exprès, il sait que ce geste horripile son père !

Sergueï ramasse ses affaires, uniforme, képi et me laisse là, mal réveillée au milieu de ce tsunami émotionnel. Par chance la phase larmes de ma grossesse, semble passée. Ce doit être la seule bonne nouvelle de la journée !

Excédée, je pose ma tasse sur la table, et part frapper à la porte de Vadim. J'entre. Il est sur son lit, et pleure. En me voyant il essuie subrepticement ses larmes, se redresse, veut faire bonne figure et sans doute me montrer qu'il n'est pas touché.

Je m'assois sur le bord du lit, dans un soupir excédé. Ces deux-là auront ma peau !

Il attrape son smartphone, clique avec rage sur l'application de traduction, puis éructe :

— Ce type est trop con ! On dirait que j'ai touché une relique !

— C'est presque le cas ! Pour toi ce n'est qu'un chapeau quelconque, pour un légionnaire le képi blanc est un symbole. Le jeune légionnaire ne reçoit pas le képi, il le mérite. Sergueï a souffert pour l'obtenir, et il l'honore chaque jour. Bien sûr ça peut te paraître stupide, débile, penses-en ce que tu veux, ça n'enlèvera pas sa perception de la réalité à Sergueï !

Il me dévisage d'un regard lourd, dans lequel colère et ressentiments palpitent et se font écho.

— Ton père est quelqu'un d'incroyable, mais tant que tu t'obstineras à ne voir que la surface des choses, et entre autres, le fait qu'il n'était pas là pour toi lorsque tu es né, on ne progressera pas !

Je prends son smartphone, fais une rapide recherche sur YouTube, et le lui tends.

— Puisque tu n'as pas cours ce matin, tu auras le temps de regarder quelques vidéos sur la légion, ce sera un début pour comprendre qui est ton père…

Puis je le laisse là, abasourdi, le téléphone entre les mains.

LUI

En rentrant ce soir-là, malgré les préparations pour Camerone, le regard que m'a lancé Swann ce matin, m'a poursuivi toute la journée. Je referme la porte d'entrée, lorsque Vadim se métamorphose devant moi. En me voyant, il est décontenancé. Sans doute pensait-il que c'était Swann qui revenait.

Je lui lance un coup d'œil, enlève mes rangers, tout en remarquant d'un ton que j'essaie de rendre le plus neutre possible :

— Swann rentrera plus tard, enfin j'espère… Elle m'a envoyé un message pour me dire qu'elle allait voir Baloo et qu'elle ne reviendrait pas avant qu'on ait réglé nos différends.

Vadim me dévisage, un peu perdu :

— Mais… Mais je devais aller monter Gustave avec elle !

Il a l'air soudain si déçu qu'il ne parvient pas à le masquer.

— Eh ben faut croire qu'elle en avait un peu marre de nous ! On a p'être un peu poussé ce matin, tu ne crois pas ?

Il me lance un regard qui en dit long sur ce qu'il pense de notre altercation matinale. Je refuse de me laisser gagner par la colère, aussi je repousse l'irritation qui pointe déjà.

— Je vais me changer et ensuite on va marcher. On réfléchit toujours mieux en marchant.

Je ne lui laisse même pas le loisir de répondre et file troquer mon treillis contre un bermuda et un T-shirt. Quelques minutes plus tard nous déambulons sur le trottoir, en direction de la mer. Il me suit sans enthousiasme, mais sans protester non plus, ce qui est déjà pas mal !

Nous avançons quelques minutes en silence, dans la douceur de cette fin de journée. Je me rends bien compte qu'il faut que je bouscule ma nature taciturne pour espérer créer un lien avec ce garçon qui avance à mes côtés, ce garçon qui est mon fils. Une brusque émotion me saisit, et me serre la gorge, si brutalement que je ne parviens plus à respirer durant quelques instants.

Mon fils.

Ce gamin aux cheveux blonds, un peu trop longs, ce gamin maigrichon et dégingandé, perdu et sans repère, ce gamin, c'est mon fils…

J'essaie de maîtriser cette émotion, puis lâche enfin :

— Je sais qu'on a du mal tous les deux. Ce n'est facile ni pour toi ni pour moi, mais nous devons découvrir un moyen pour que cette famille trouve un équilibre.

Il me lance un coup d'œil interloqué :

— Cette famille ? !

— Oui, nous sommes une famille, pas vraiment parfaite, mais nous en sommes une, non ?

Troublé, il hausse une épaule sans répondre.

— Alors qu'est-ce que tu as fait aujourd'hui ?

C'est la première question qui me vient à l'esprit. Ce n'est pas très inspiré, mais faudra faire avec.

Du bout des lèvres, il laisse tomber :

— J'ai regardé des vidéos que Swann m'a dit de voir…

— Ah ? Sur les chevaux ?

Je sais que c'est le pont qu'elle a établi entre eux, et qui semble fonctionner. Il secoue négativement la tête.

— Non… Des vidéos sur la légion…

Je sursaute, stupéfait.

— Quoi ? !

— Elle m'a envoyé des liens de reportages…

Avec effort, il ajoute :

— Je ne savais pas pour le képi, je croyais juste que c'était un chapeau bizarre. Grand-père Oblov a une casquette…

— Je sais… Le képi c'est très Français, je ne crois pas que d'autres pays en portent ! Je ne suis pas très patient, excuse-moi. Je suppose que j'aurais dû t'en expliquer la portée.

M'excuser est compliqué, mais c'est parfois nécessaire ! Après tout j'ai merdé, autant le reconnaître !

Nous marchons quelques instants en silence. Sans le vouloir, je revois le visage de mon ancien officier supérieur et ça me fait froid dans le dos : le capitaine Oblov, le père de Sveta, le grand-père du gamin. Ça me glace.

Vadim interrompt mes pensées :

— Est-ce que tu as vraiment fait tous ces trucs ?

— Je ne comprends pas ce que tu veux dire, tout quoi ?

— Ben tous ces trucs pour entrer dans la légion !

Je retiens un sourire :

— Nous les avons tous faits ! Chaque légionnaire a sa propre histoire, mais nous sommes tous un jour passés par l'un des deux centres de sélection. Nous sommes tous égaux. Intégrer la légion c'est dur, ne reste que ceux qui le veulent vraiment et qui ont assez de mental pour ça !

Il ne dit rien, semble intégrer l'information. Il me lance un coup d'œil où la colère a laissé place à l'étonnement.

— Tu as déjà été en mission ?

— Oui, c'est mon boulot, je suis dans une troupe d'assaut, donc avec mes gars nous allons où on nous dit d'aller, nous sautons quand on nous dit de sauter…

— Alors tu as déjà tué quelqu'un ?

Je me rembrunis. Je sais que ce n'est qu'une question enfantine, qu'il est seulement curieux et sans doute trop bercé par le cinéma américain, mais cette simple phrase me remet face à mes actions, celles qui de toute façon me poursuivront jusqu'à ma propre mort.

— Je n'ai pas le droit de te répondre. Tout ce qui arrive en mission est classé secret-défense.

Je préfère botter en touche. Il a déjà une assez mauvaise opinion de moi, ce n'est pas la peine d'en rajouter !

Nous parvenons à la mer, et nous nous accoudons au parapet qui sépare la plage de la route. Le soleil se couche, et le spectacle vaut à lui seul cette balade.

— Tu avais déjà vu la mer ? Quand je suis arrivé ici, je ne l'avais jamais vue…

— J'étais allé une fois en Lituanie avec maman, mais j'étais petit et elle était malade, donc je me rappelle pas bien.

Puis il ajoute d'un ton où le jugement a non pas disparu, mais est contenu.

— Pourquoi as-tu laissé maman ?

Je soupire. Je n'aime pas me replonger dans ces événements, mais il a le droit de savoir.

— Le capitaine Oblov voulait me faire passer en cour martiale. Je n'étais pas très motivé d'aller en prison, pour quoi ? Avoir couché avec une fille ? ! Je sais qu'il aurait trouvé n'importe quel prétexte pour ça !

Après quelques secondes j'ajoute, un ton plus bas :

— Je sais que ce n'est pas très glorieux, mais j'avais dix-neuf ans et si cela n'excuse pas tout, tu comprendras lorsque tu auras cet âge-là !

Il me dévisage, des larmes brouillent son regard qui reflète les derniers rayons de soleil :

— Tu sais, maman s'est suicidée, elle était déprimée tout l'temps, elle passait son temps à l'hôpital psychiatrique.

Je sursaute, le fixe une seconde. Sans réfléchir je pose une main sur son épaule et le serre une fraction de seconde contre moi.

— Je suis désolé. Je l'ignorais !

Nous nous regardons à nouveau. Un pauvre sourire, amer et triste, tremble sur son visage lorsqu'il murmure :

— Tu ne pouvais pas savoir de toute façon… Mais tu l'aimais maman ?

Je revois Sveta, ses longs cheveux blonds, son sourire et la fraîcheur de ses dix-sept ans. Comment lui expliquer qu'attirance ne rime pas toujours avec sentiments ?

— Dès que je l'ai vue traverser la caserne, elle m'a plu. Elle avait une démarche aérienne, on aurait dit une fée. Elle m'attirait, mais est-ce que je l'aimais, je ne sais pas…

— Et Swann ?

— Quoi Swann ?

— Tu l'aimes ?

— Évidemment ! Pourquoi tu me demandes ça ?

— Ça aurait été bien si tu avais aimé maman comme tu aimes Swann…

J'essaie d'imaginer cet improbable une seconde, réalisant que, sans doute j'aurais fini en taule, que jamais je ne serais parti, l'abandonnant derrière moi. Cela n'aurait pas été mieux…

Je préfère ne pas répondre.

Nous restons là, à contempler les derniers rayons du soleil s'abîmer dans la mer.

Lorsque Swann rentre, elle nous trouve dans le canapé en train de manger une pizza devant un match de hockey. Cela fait un peu cliché, mais pour une première en tête à tête avec ce fils venu de nulle part, on dira que c'est pas si mal !

Elle ne dit rien. Seul un sourire illumine son regard. Elle se penche, m'embrasse puis se glisse à côté de moi, trouve sa place contre mon épaule et pousse un soupir de bien-être. Elle sent le cheval, le grand air et le foin dont quelques brins s'accrochent encore à son pull. Je ne peux me retenir de l'embrasser dans le cou et la respirer, elle, tout entière. Elle frissonne, me renvoie un sourire où les promesses se bousculent sur ses lèvres, cependant qu'elle se penche, attrape une part de pizza, et nous demande qui gagne le match.

Nous passons un bon moment ce soir-là, ensemble tous les trois, à rire parce que Swann ne comprend rien au hockey et confond les règles avec celles du foot.

Demain c'est Camerone, je suis fier qu'ils puissent y assister tous les deux et je sais que ce sera une belle journée, pleine de symboles et d'émotions. Il y aura de la musique, des bannières dans le vent, nous chanterons sous un ciel de printemps et surtout il y aura Swann et Vadim.

Une célébration pour notre régiment, un nouveau départ pour nous : d'une défaite en faire une victoire…

CHAPITRE 28

ELLE

DEPUIS Camerone les relations entre Sergueï et Vadim se sont apaisées, ce n'est pas l'idéal, ça reste encore fragile : Sergueï n'est pas très patient et Vadim est à fleur de peau, l'ensemble est souvent explosif, mais on progresse. Nous ne sommes plus enferrés dans une position close, et c'est déjà énorme.

C'est à cela que je songe en mettant pied à terre et en regardant Vadim se débrouiller avec l'haflinger, comme s'il montait depuis toujours. Ce gosse est incroyable !

Nous attachons nos chevaux afin de les desseller. Le soir tombe sur la Corse, le temps est doux, l'air chargé des odeurs multiples du maquis. J'ai tellement de chance ! Paris semble si loin ! Je respire, goûtant l'air, savourant mon bonheur. Est-ce que j'ai regretté ma décision de quitter la Garde ? Pas une seconde ! J'effleure mon ventre qui jour après jour se tend un peu plus. Non pas une seconde je pense à la rue des Célestins avec nostalgie. C'était une période de ma vie, une magnifique période, mais elle est terminée et celle que nous inventons avec Sergueï est plus belle encore.

Je range selle et filet dans la sellerie, attrape une poignée de bonbons pour chevaux, goût carotte, en distribue à nos deux complices de balades, avant de prendre mon courage à deux mains et lancer à Vadim qui cure les pieds du poney avec application.

— Tu crois que dans les mois à venir tu pourras aussi t'occuper de Baloo ?

Il repose le pied velu, se redresse, me considérant sans comprendre.

Je redoute un peu cette conversation. Je l'ai repoussée autant que possible, craignant que notre fragile équilibre ne s'écroule tel un château de cartes.

Un éclat paniqué tremble dans ses yeux, alors qu'il balbutie :

— Tu vas partir ?

— Non pas du tout ! Mais je ne vais plus pouvoir monter… Pas avant un bon moment en tout cas !

— Tu es malade ? !

— Mais non, absolument pas ! J'attends un bébé !

Un sourire un peu trop heureux illumine mon visage. Je rajoute aussitôt devant son air ahuri, presque choqué :

— Tu vas avoir un petit frère ou une petite sœur, on ne sait pas encore… Qu'en penses-tu, tu pourras t'occuper de mon Gros ?

Il secoue la tête, presque en choc. Soudain il bafouille, des larmes plein les yeux.

— Il va te laisser aussi… Il va nous abandonner et disparaître.

Je reste figée une fraction de seconde avant de comprendre de qui il parle. Même s'il est grand, trop pour des câlins, tant pis, je l'enlace et le serre contre moi en m'exclamant :

— Mais non ! Déjà les événements ne se répètent pas ! Et puis s'il est parti avant ta naissance c'est parce qu'il ignorait que tu existais, il ne se serait jamais enfui sinon !

Je perçois sa respiration, hachée de peur. Comment lui faire comprendre qu'à présent, il est en sécurité et que rien ne viendra séparer notre famille ?

— Tu sais quoi, tu n'auras qu'à lui demander ce qu'il compte faire lorsque le bébé sera là…

Les semaines, les mois ont défilé, passant du printemps à l'été dans un même instant. Et un beau matin, alors que nous préparons la rentrée, Mila est arrivée. C'est soudain : nous sommes au rayon papeterie lorsque je commence à avoir les premières contractions. Vadim, du haut de ses douze ans, prend tout en main. Il attrape le chariot, me propulse vers les caisses, où je paye, le souffle court.

Puis il appelle Serguéï. Assise dans la voiture, cramponnée à mon ventre de cachalot, je ne peux m'empêcher d'avoir les larmes aux yeux de joie, malgré la douleur.

Et puis Mila est née.

Je la tiens dans mes bras, elle tète sans s'en faire, ronde comme un petit melon. Je suis épuisée et un peu effarée, sans doute plus stupéfaite par ce petit humain que fatiguée, même si mon corps souffre et craque de toutes parts. Je regarde Sergueï et nous sourions, un peu bêtement, sans doute aussi ahuris l'un que l'autre par la réalité de ce petit bout de nous.

Il est venu en catastrophe depuis le camp, et il est là en treillis et rangers, incongru au milieu des teintes pastel des murs du service de natalité. Comme elle vient de terminer de téter, je la lui tends. Il la prend de manière si précautionneuse qu'on dirait qu'il manie une mine prête à exploser. Ça me fait rire et pleurer de joie à la fois, alors que Vadim prend des photos « pour les envoyer à grand-mère ». Puis il regarde dans Google comment tenir un bébé et part dans des explications compliquées qu'il transmet en russe à Sergueï.

Je réalise que Mila parlera russe, que notre famille improbable est exceptionnelle, bâtie par le hasard, consolidée par les sentiments. Et ça me fait pleurer, encore, puis rire à nouveau.

LUI

TENIR Mila, pour la première fois, est une expérience unique, déstabilisante. Je crois n'avoir jamais approché un bébé ! Ça rote, pète et éructe avec l'énergie d'une mini-centrale à gaz. Ça devient tout à coup écarlate pour une raison inconnue, un mauvais réglage de l'horlogerie suisse que semblent être ses intestins ? Personne ne le sait, les toubibs moins que les autres, j'ai posé la question !

Bref la voilà qui se gonfle, rougit jusqu'à l'implosion et tout aussi brutalement un sourire naît sur ses lèvres en cœur tandis qu'elle expire une bulle de lait... De ses doigts minuscules elle accroche mon index, s'y cramponne de toutes ses forces sans pourtant pouvoir en faire le tour. Elle est fascinante ! Je crois bien que je pourrais la regarder vivre toute la journée, sans jamais me lasser !

C'est Swann qui a proposé de l'appeler Mila, le prénom de ma mère. Cela m'a autant surpris que bouleversé. J'aime les passerelles qu'elle s'évertue à tendre entre nous, resserrant un peu plus nos liens. Je sais que cela a aussi beaucoup touché grand-mère.

Elle devrait venir aux prochaines vacances de Natalia, et lorsque je lui ai demandé si c'était prudent d'envisager ce long voyage, elle a aussitôt répliqué :

— Rien ne m'empêchera d'aller embrasser mon arrière-petite-fille !

Le sujet est donc clos, elles viendront dans quelques semaines !

Les parents de Swann ne devraient eux aussi pas tarder, sans doute au prochain long week-end. Avec la rentrée, il leur est impossible de lâcher élèves ou étudiants pour sauter dans un avion en direction de la Corse ! Je comprends tout à fait et quelque part, ça me va. Une fois Swann et Mila sorties de la maternité, nous serons tous les quatre ensemble : je trouve ça parfait. C'est assez égoïste sans doute, parce que Swann risque d'être encore très fatiguée, mais je préfère que nous commencions notre vie en compagnie de Mila, seulement notre toute petite famille, seulement nous quatre… Peut-être aussi n'ai-je pas envie de la partager !

De toute façon nous en avons déjà discuté avec Vadim : tous les deux nous nous occuperons de tout et Swann n'aura qu'à donner les tétées, ce qui semble déjà un boulot énorme.

La moitié, au moins, du régiment a déjà commencé à défiler dans la chambre de Swann, qui prend ces visites avec le sourire. Elle a une bonne humeur constante, ce qui est quand même une chance ! Les gars se penchent avec curiosité sur le berceau de notre merveille. Eux qui sont aussi délicats que des chars d'assaut, il est effarant de les voir marcher sur la pointe des pieds, sourire bêtement et déplacer leur masse en s'évertuant à faire le moins de bruit possible ! À croire que la réveiller serait la prochaine grande catastrophe mondiale !

Même le colonel est passé, arborant un sourire que je ne lui connaissais pas. Il a cinq enfants, donc j'imagine une certaine expérience des bébés. Il est arrivé pile lorsque Mila finissait de téter. Il l'a attrapée, l'a collée d'office sur son épaule et a obtenu un magnifique rot qui a presque fait trembler les murs de l'hôpital ! À mon grand désespoir, il a aussi récolté un non moins superbe renvoi sur son uniforme. Ça a plutôt eu l'air de le faire rigoler !

Puis il m'a flanqué Mila dans les bras en me disant de m'en occuper, ce qui est quand même prévu au programme ! Ensuite, il a ajouté qu'il retirerait la note du nettoyage de son uniforme de ma solde, avant d'éclater de rire de sa propre blague.

Côtoyer un bébé change les gens et les rend vraiment bizarres !

Alors qu'il sortait, il a croisé le capitaine de gendarmerie, le supérieur de Swann, venu lui aussi féliciter son sous-officier et roucouler devant le bébé. Ils se sont salués, puis serrés la main de longues secondes, tels des pères fiers de leur progéniture. Nous avons échangé un coup d'œil avec Swann, retenant une certaine hilarité.

Les fleurs s'amoncellent dans la chambre, en même temps que des peluches de toutes tailles et espèces, s'agglutinent en grappes poilues sur toutes les surfaces disponibles. Des cadeaux de toutes sortes arrivent, le must semblant être le babygro camo' ! La pauvre !

Et moi, je suis là, avec ma fille dans les bras, qui sent le lait et fait des bruits de chiot repus. Vadim la contemple tout en m'assénant conseils sur conseils ! Alors, je me penche vers lui et lui mets d'office dans les bras. Il est ému, effrayé aussi, mais son regard s'illumine. Puis je glisse à son oreille, ce que mon père m'avait dit à la naissance de Natalia. Vadim, me dévisage, il hoche la tête les yeux emplis de larmes : pour la première fois de sa vie sans doute, a-t-il la responsabilité d'une autre vie que la sienne…

Swann, souriante et le regard embué de larmes, nous observe sans rien dire, avec tendresse et émotions. Je me penche vers elle, la prends dans mes bras et l'embrasse :

— Je t'aime Swann...

CHAPITRE 29

ELLE

FINALEMENT nous sommes tous rentrés dans notre petit chez nous, qui va vite devenir exigu avec cette nouvelle habitante !

L'accouchement n'a pas été un rêve, loin de là, mais cette affaire est derrière moi, ce qui est déjà ça ! Maintenant j'ai quelques semaines afin de m'occuper de ma fille à temps complet, et ça, c'est un bonheur ineffable. Par chance ma musculature de cavalière va me permettre de me remettre de manière optimale, d'après l'obstétricien, qui semblait surpris par la tonicité de mon périnée. Certaines personnes s'effarent d'un rien !

Sergueï a une semaine à passer avec nous, c'est à la fois si peu et pourtant c'est une sorte de parenthèse douce qui s'étend devant nous. Un moment pour nous quatre afin de réarranger les équilibres bousculés par l'arrivée de ce nouveau membre de notre famille. J'ignore quel était le projet du législateur lorsqu'il a décrété sept jours de congé pour le père : pourquoi pas deux ou huit ? Que pense-t-il qu'une semaine puisse faire ? Encore un qui n'a jamais dû changer une couche de sa vie et qui vient se mêler de ce qui est bon pour la vie des autres… Je rumine ces pensées pendant que Mila tète avec une application goulue de petit veau. Je suis installée sur le balcon, dans la fraîcheur de ce mois de septembre, qui s'étend, passerelle entre l'été qui s'estompe et l'automne qui s'annonce.

Vadim se plante soudain devant nous, Thalia à ses côtés.

— Bonsoir Swann, j'ai pas pu passer à l'hôpital, j'avais cours, murmure la p'tite, ses longues mèches brunes auréolant son visage fin. Mais on a un cadeau pour toi ! C'est de notre part à tous les deux, Vadim et moi.

Puis elle me tend un mince paquet, qu'elle tenait serré contre elle. Vadim la regarde, il comprend absolument tout en français à présent, ou peu s'en faut. Il me lance un sourire impatient.

— Vas-y, ouvre ! lance-t-il avec un accent qui roule et bouscule les mots.

D'une main, je tire un ruban rouge, le papier se défait de lui-même. J'en sors un petit carnet, superbement illustré par Thalia.

« Carnet de bons de baby-sitting »

Mais qu'est-ce que c'est que ça ?

Je le feuillette : chaque page représente un bon d'1 heure. Je relève la tête, un peu perdue.

— Avec Vadim on voulait te faire un cadeau, mais pas un truc comme tout le monde, alors j'ai demandé à maman ce qui serait cool, elle a dit : un truc qui rende service et aide vraiment ! Alors avec Vadim on a pensé que ce qui manque quand on a un bébé, c'est du temps pour soi. Donc quand tu voudras faire quelque chose, prendre un bain, aller monter à cheval ou au resto avec Sergueï, ben nous, on gardera Mila !

Ma gorge se serre d'une émotion que je peine à contrôler. Les larmes montent. C'est sans aucun doute le plus beau cadeau que nous ayons reçu ! Je le leur dis, ce qui les fait marrer.

Avec tout ça, je n'ai pas vu mon Gros depuis des jours et même si je sais qu'à la pension où il est hébergé ils sont très pro', je m'inquiète néanmoins. Alors le lendemain, Sergueï et Vadim installent un siège spécial pour bébé sur la banquette arrière du pick-up et il n'y a plus qu'à y mettre une Mila qui s'endort déjà. J'ai hâte de pouvoir monter à nouveau, même si pour le moment tout mon corps hurle qu'on va attendre encore quelques semaines !

Nous descendons de la voiture et pendant que Sergueï sort le maxi-cosy dans lequel Mila dort en faisant des bulles, Vadim file en courant vers le paddock des chevaux. Il attrape leurs licols en passant devant la sellerie, et le temps que nous nous traînions, il a déjà licolé les deux inséparables.

D'un coup d'œil je contrôle tout : l'état des pieds, celui des chevaux et ma foi ça semble aller ! J'aide Vadim à les sortir et à les attacher devant les écuries, sur l'aire de pansage.

— Tu sais je suis venu en vélo tous les jours pour voir comment ils allaient, quand tu étais à l'hôpital !

— Ça se voit, ils vont très bien !

Puis je rajoute, en me tournant vers Sergueï :

— D'ailleurs on a un truc pour toi…

Alors Sergueï lui tend un carnet plastifié, sur lequel on peut lire le nom de Gustave.

Vadim le prend, sans comprendre :

— C'est quoi ?

— Ouvre-le, regarde, tu es à présent le nouveau propriétaire de Gustave…

Ses yeux s'écarquillent, il balbutie, se perd entre le français et le russe avant de fondre en larmes et se jeter dans mes bras.

— C'est une idée de Sergueï, tu sais !

Il dévisage son père, effaré, avant qu'enfin ils se prennent dans les bras l'un de l'autre. Ces deux-là ont fini par se trouver, même si ça a pris un peu de temps.

Les semaines ont filé, il a fallu que je reprenne le chemin de la gendarmerie et que je retrouve mon service. Mila est encore si petite ! Quel déchirement de la laisser… Par chance, Betty, la femme de Stéphane est assistante maternelle, c'est donc elle qui va la garder. Deux étages à descendre, c'est tellement simple ! Et puis Betty comprend les impératifs du service, c'est donc un soulagement, au moins de ce côté-là.

Le premier jour, enfiler à nouveau mon uniforme a été si étrange, descendre déposer Mila chez Betty presque insurmontable. Vadim, comprenant sans doute la situation, a attrapé sa sœur, l'a mise dans son cosy et le sac à langer rempli de couches et biberons à l'épaule, il m'a lancé :

— Je descends Mimi chez Betty !

Ce qui était peut-être le mieux ! Je crois que je n'aurais pas eu la force de la laisser…

Depuis, c'est donc lui, qui chaque matin s'occupe de préparer le sac de sa sœur et de l'emmener chez sa nounou ! J'avoue que ça m'aide énormément ! À un moment de pause, je passe cinq minutes embrasser Mila, rassurée de la voir sourire, tranquillisée par la douceur de Betty.

Je peux retourner en toute sérénité à mes enregistrements de plaintes.

Lorsque je songe à ma vie, à ce qu'elle était il y a quatre ans, je suis stupéfaite : tant de changements ! Il a suffi que je choisisse d'aller marcher sur le GR20 et pas un autre… La vie est parfois si surprenante, qu'un détail fasse tout basculer.

Ai-je regretté d'avoir abandonné la Garde, pour cette vie que nous nous sommes inventée ? Pour Sergueï ? Pas une seconde ! Je regarde les épreuves que nous avons surmontées, en si peu de temps, les bonheurs précieux que nous avons su faire prospérer, je suis heureuse et fière de nous, de tout ce que nous avons bâti, de cette famille que nous avons créée.

Il aura suffi d'une attirance et que je propose un plan cul à un beau mec...

CHAPITRE 30

LUI

MON TÉLÉPHONE me réveille en sursaut, faisant grogner Swann. C'est un message laconique, mais je sais ce que c'est. Je me lève presque machinalement, le cœur battant. Pourtant c'est avec des gestes calmes que j'enfile un treillis. Je suis préparé pour un tel moment, ce n'est pas la première fois…

La France est en guerre en Afrique, une guerre larvée, sale et compliquée. Je n'en connais pas les tenants ni les aboutissants, ni quels intérêts sont protégés, tout ce que je sais c'est que dans quelques heures, ma compagnie et moi, nous serons largués dans cette immensité pour une mission dont mon commandant me confiera les détails tout à l'heure.

Pour l'instant je dois y aller, je n'ai pas une minute à perdre.

Sur le panneau en liège que Swann avait dans sa chambre à Paris, et qui est venu orner la nôtre, j'attrape une photo de nous quatre, prise il y a quelques jours pour les un an de Mila. Je la plie et la glisse dans ma poche de poitrine, puis me penche vers Swann, qui est réveillée, à ma grande surprise. Elle me regarde, et malgré l'obscurité je peux lire la peur dans ses yeux.

— Je dois y aller…

Elle se lève d'un bond, se raccroche à moi, terrifiée. Je la serre dans mes bras, l'embrasse, m'immergeant une ultime seconde dans sa tendresse. C'est un déchirement de nous séparer, mais l'obéissance est la première qualité d'un légionnaire. Après un ultime coup d'œil à Mila qui dort, en serrant son nounours favori dans ses doigts minuscules, j'enfile mes rangers.

Swann m'accompagne jusqu'à la porte d'entrée, elle est livide, mais elle ne dit rien. Elle sait que c'est inutile, que j'ai des ordres et que rien ne changera ça. Cette nuit, nous allons sauter au-dessus d'un objectif dont j'ignore encore tout. Peut-être ferai-je partie de cette part que les parachutistes offrent aux anges… Je ne sais pas, personne ne peut le savoir, tout ce que je sais c'est qu'une fois la porte refermée je devrais être totalement concentré sur une seule chose : la mission qu'on va nous confier.

Swann m'embrasse une dernière fois. Je goûte chaque seconde de ce baiser. Je dois faire appel à toute ma volonté pour détacher mes bras et poser une main sur la poignée de la porte, celle qui dans une fraction de seconde va s'ouvrir et m'emporter vers un maelstrom incontrôlable d'actions, de peur et peut-être de douleur.

Elle me retient d'une main qui tremble, glissant dans un murmure :

— Je t'aime… Fais attention à toi !

Je secoue affirmativement la tête, même si nous savons tous les deux que si une balle doit m'abattre, elle est d'ores et déjà coulée…

Je plonge mon regard dans ses yeux, elle qui est tout pour moi, y lisant tant d'amour que je sais que je reviendrai, le contraire est impossible !

— Je t'aime…

Puis la porte se referme derrière moi, c'est une coupure si brutale que je suffoque presque. Mais je n'ai pas le temps de m'apitoyer sur moi-même : je suis un parachutiste et cette nuit je dois sauter…

Dans l'avion qui nous emporte, au milieu des ténèbres, personne ne parle. Les gars sont tous silencieux, y compris notre commandant. Le ronron de l'appareil nous assourdit et nous berce à demi. Je sors la photo de ma poche, la regarde un temps incertain, me rappelant de ma rencontre avec Swann, de ce moment d'hésitation et de découverte, de ces sentiments qui palpitaient et qui aujourd'hui, font partie de mon être, de mon essence. Juste avant d'embarquer dans l'avion, j'ai eu le temps d'envoyer un SMS à Swann ainsi qu'un à Vadim. Puis nous avons laissé nos téléphones dans une boîte : nous les retrouverons en revenant, c'est la procédure.

Comme lien avec eux, je n'ai plus que cette photo.

Je songe à Swann qui doit s'inquiéter. Même si je ne lui ai pas dit que je partais pour une mission de combat, elle l'a deviné, évidemment !

Puis je plie la photo avec soin et la range à nouveau contre mon cœur. Je ne suis pas payé pour m'apitoyer sur moi-même...

ELLE

LORSQUE la porte s'est refermée sur Sergueï, j'ai cru que j'allais m'évanouir... Je me suis laissée tomber sur le carrelage froid, dans un brouillard de douleur et de peur. Je ne sais pas combien de temps je suis restée-là, hébétée, pleurant sans aucun doute, avant de parvenir à me secouer.

Il est très tôt ou très tard, mais je suis incapable de retourner me coucher ! Alors pour éviter de gamberger, j'attrape la panière de linge à repasser et les dents serrées, je viens à bout du tas monstrueux qui s'accumule comme animé d'une volonté propre. L'aube frémit là-bas, à l'horizon. Mila se réveille. Elle s'étire, gigote avant de se relever dans un gazouillis de « mamamama ».

Je la prends dans mes bras, la serre contre moi, respirant son odeur chaude de bébé. Puis je la pose afin de lui préparer son biberon. Elle me suit, d'une démarche hésitante, mais non moins volontaire ! Je me verse une tasse de café et lui tends son biberon, et toutes les deux nous nous installons dans le canapé du salon, regardant le soleil se lever. Elle s'installe contre moi et son contact me rassérène, même si je ne peux empêcher mes pensées d'aller et venir. Selon l'endroit où ils devaient être largués, Sergueï a déjà sauté... Où est-il à présent ? Que fait-il ? Quel point stratégique doivent-ils défendre ou attaquer ?

J'ai peur. Une peur irrationnelle, mais si violente qu'elle m'empêche presque de déglutir. Décidément, femme de militaire, ce n'est pas ma vocation !

Vadim se lève à ce moment-là, Il a l'œil encore embrumé, les cheveux en bataille et pourtant son visage semble tendu.

— J'ai reçu un message bizarre de Sergueï...

Il ne l'appelle jamais « papa », ce que je comprends même si ça me brise le cœur en même temps. Mais en cet instant je ne relève même pas, je suis submergée par d'autres inquiétudes.

Il me balance son Smartphone sous le nez, dans un geste qui vibre d'anxiété.

— C'est du russe, tu sais bien que je ne le lis pas...

Il parvient à me tirer un sourire, ce qui vu les circonstances est exceptionnel.

— Ah oui, désolé ! Ben en gros il me dit qu'il part en mission et que je dois veiller sur toi et

Mimi… Mais il va où ? C'était pas prévu qu'il aille en OPEX ? !

Je soupire, le cœur battant. Comment lui expliquer sans le terroriser ? Comment parler sans qu'il ressente ma propre peur ?

— Il a reçu un message cette nuit, tu le sais, c'est un militaire, il peut être appelé à toute heure du jour ou de la nuit, c'est comme ça…

— Mais… Mais il revient quand ?

— Je ne sais pas…

Il ne dit rien, se contentant de me dévisager.

— Ne t'en fais pas, ce n'est pas sa première mission de combat ! Il a été en Afghanistan et sur d'autres conflits et regarde, il en est revenu !

Je ne rajoute pas qu'il y a été blessé, c'est évidemment inutile.

Il secoue la tête, s'efforçant de sourire.

— Oui tu as raison !

Puis il ajoute, avec un courage que je trouve admirable :

— En attendant, on a une couche à changer, hein Miss caca ? ! s'exclame-t-il tout en attrapant sa sœur qui hurle de joie.

Elle lui voue une passion sans borne, et les voir tous les deux, me remonte un peu le moral. Je le laisse s'occuper de Mila et file me doucher. Le monde ne s'arrête pas de tourner, hélas…

Finalement Vadim part au collège, il est déjà en 4e, c'est à peine croyable ! Il a grandi comme un champignon ces derniers mois, dans peu de temps il rattrapera son père. Il est encore ce gamin dégingandé, mais on perçoit déjà l'homme qu'il sera d'ici quelques années.

En descendant, il a déposé Mila chez Betty, comme chaque matin, et de mon côté j'ai fini de ranger quelques trucs qui traînaient, avant de partir prendre mon service. À peine arrivée, je suis envoyée en intervention avec Stéphane, ce qui a le mérite de me focaliser sur tout autre chose que mes pensées qui vont viennent, tournent en boucle et se télescopent.

Ce n'est que vers treize heures, que je parviens à prendre une pause et en profiter pour aller faire un bisou à Mila. Betty est dans la salle de bains en train de la changer. Elle me crie d'entrer et je les rejoins.

— Salut, Swann, ça va ? Mimi vient de manger, et s'apprête à aller à la sieste, hein Mimi ?

Mila se tortille, gazouille, me tend les bras, ravie de me voir.

Betty n'a que le temps de fixer la couche que la p'tite se redresse et s'accroche à moi comme un bébé opossum. Betty ne s'en formalise pas, les bébés, elle a l'habitude ! Avec flegme, elle achève de lui remonter son babygro alors qu'elle est dans mes bras.

— On va faire dodo, choupette ? Fais-je à mi-voix tout en l'emmenant dans la chambre réservée aux enfants.

Je l'allonge dans le lit qui lui est imparti, lui donne sa peluche, embrasse ses joues douces et rebondies, avant de refermer la porte. Je l'entends papoter avec son nounours et dans quelques minutes elle dormira comme un chat. Elle a un rythme tout à fait militaire, cette enfant !

— Tu veux un café ? Tu as le temps ? me propose Betty, tout en sortant une cafetière déjà pleine.

— Non, tu es gentille, faut que j'y aille…

À peine ai-je dit ça, que mon attention est attirée par la télé, allumée dans un coin de la pièce et qui fonctionne en sourdine. C'est le journal de la mi-journée et pendant que le journaliste parle, un fil continu d'infos se déroule sur une bande rouge. Rouge sang.

« Un avion de l'armée française aurait été abattu cette nuit, lors de l'opération Barkhane » peut-on lire entre deux nouvelles de mariage ou divorce de stars.

Je vacille. Me rattrape à la table, manquant m'écrouler.

Sur l'instant Betty ne comprend pas, elle ouvre la bouche puis soudain, elle lit la nouvelle qui tourne en boucle au milieu de mille autres. Elle se précipite vers moi qui suis à deux doigts de m'évanouir. Elle me propulse sur une chaise, coupe la télé, tout en s'exclamant :

— Eh Swann, tout va bien !

J'ai l'impression d'être au-delà de la mort. Je suis anéantie. D'une voix brisée, je parviens à balbutier :

— Cette nuit Sergueï a été appelé en mission…

Je ne peux rien dire de plus, c'est inutile, elle comprend dans la seconde. À son tour elle devient toute pâle. D'une main, elle saisit son téléphone et appelle Stéphane, son mari. Elle lui jette un bref :

— Steph', viens dépêche-toi !

Il ne peut que s'alarmer ! En effet moins de deux minutes plus tard, il pousse la porte d'un geste brusque, trahissant son inquiétude.

— Qu'est-ce qui se passe ?

Elle se précipite vers lui, sans pourtant perdre son sang-froid.

— C'est Sergueï ! Tu as entendu pour cet avion qui a disparu ?

Son regard va de sa femme à moi, livide et effondrée. En quelques mots, Betty lui explique la situation. Il s'avance, pose une main sur mon épaule, tout en affirmant :

— Eh t'en sais rien s'il était dans cet avion, ni d'ailleurs ce qui s'est passé ! Donc attends avant de paniquer, OK ?

Il sort son smartphone de l'une des poches de son treillis, fait une rapide recherche et compose enfin un numéro :

— Brigadier de gendarmerie Dumoulin, je voudrais parler à l'un de vos supérieurs. Oui c'est urgent !

Il attend quelques instants avant de lancer :

— Mes respects lieutenant, je vous appelle à propos de cet avion, disparu cette nuit... Quoi vous ne pouvez rien dire ! ? Mais...

Il nous regarde l'une et l'autre tout en laissant tomber d'un ton à la fois incrédule et furieux :

— Il m'a raccroché au nez !

Betty prend un air outré, et s'écrie :

— Alors faut y aller ! Merde !

C'est ainsi que quelques instants plus tard, nous nous retrouvons dans un véhicule en route vers le camp Raffalli. D'ordinaire c'est moi qui conduis, mais là j'en suis bien incapable. En quelques minutes nous parvenons au camp. Le factionnaire à l'entrée nous laisse passer, sans poser de question, notre véhicule lui suffit pour nous saluer et ouvrir la barrière.

Je ne suis venue qu'à de rares occasions, pour des affaires liées au service ou pour Camerone, mais aujourd'hui l'endroit me paraît aux prises avec une agitation étrange et lorsque nous nous présentons à l'officier de garde, nous percevons une tension qui n'a rien à voir avec nous. Nous sommes reçus par un lieutenant, excédé, peut-être est-ce le même que Stéphane a eu au téléphone ?

Nous le saluons tout en nous présentant. Il n'ose pas nous virer de son bureau même s'il en rêve, je peux le lire dans son regard exaspéré.

— Que voulez-vous ? lâche-t-il d'un ton froid, presque coupant.

Je m'avance d'un pas, soutenant son regard. Il ne m'impressionne pas, tout ce qui compte c'est de savoir comment va Sergueï, le reste n'a aucune espèce d'importance.

— Je dois savoir ce qui s'est passé cette nuit, à propos de cet avion qui a soi-disant disparu…

— Et pourquoi la gendarmerie s'intéresse à ça ?

Je balbutie, dans un souffle :

— Je suis la compagne du sergent Ivanov…

Il hausse un sourcil incrédule, soupire, s'appuie sur son bureau surchargé de paperasses et de dossiers, avant de faire d'une voix un peu radoucie :

— Nous allons contacter les familles d'ici quelques heures, lorsque nous en saurons plus. Pour l'instant nous ne sommes sûrs de rien…

— Mais… L'avion a vraiment disparu ?

— Affirmatif. Il semble avoir été abattu. Nous avons repéré l'épave, mais elle est difficile d'accès. Nous avons envoyé une équipe sur place. Nous en saurons plus dans quelques heures…

Mes jambes fléchissent, comme incapables de me supporter, alors qu'un bourdonnement assourdi résonne dans ma tête : son avion a été abattu… J'ai l'impression de mourir, là dans ce bureau, devant ces hommes qui me dévisagent avec une compassion si inhabituelle qu'elle m'effraie.

Je suppute sur les chances de survie au crash d'un avion, mais je n'y connais rien et cette ignorance m'énerve, comme si cela pouvait changer quoi que ce soit ! J'entends vaguement le lieutenant discuter avec Stéphane de mission éventée, de personne infiltrée ou corrompue au niveau des décideurs politiques. Personne ne pouvait savoir l'heure exacte du passage de l'avion, c'était une mission classée secret-défense, comment les rebelles ont-ils eu l'information ? Autant de questions qui semblent le mettre dans une rage sans nom, cependant qu'elles m'indiffèrent : tout ce qui compte pour moi, c'est que Sergueï est vraisemblablement mort, quelque part dans un endroit aride, si loin de sa terre natale, si loin de moi…

Finalement nous rentrons à la brigade. Nous n'en saurons pas plus pour l'instant. J'avance telle une somnambule, en état de choc. Le capitaine, informé de la situation, m'enjoint de rentrer chez moi, mais je refuse. Que vais-je faire dans cet appartement vide ? Mieux vaut que je m'occupe l'esprit, et du boulot il y en a, il n'y a que ça d'ailleurs !

Les heures passent. Je réponds aux impératifs du service de manière réflexe, attendant des nouvelles qui tardent et cette attente me mine encore plus. Je refuse de penser à ce qui a pu se produire, mais mon cerveau part, bien contre mon gré, dans des délires qui me terrifient et me donnent la nausée.

En fin de journée, mon smartphone vibre, affichant un numéro inconnu. Je réponds de manière automatique. Lorsque mon interlocuteur se présente, je dois m'asseoir pour ne pas m'écrouler au sol.

— Colonel Rivoir du 2ᵉ REP, vous êtes bien la compagne du sergent Sergueï Ivanov ?

Je ne parviens qu'à laisser filer un coassement qui ressemble à un oui. Je suis terrifiée. Si le colonel lui-même prend la peine de contacter les familles, c'est que c'est mauvais… Tout espoir me quitte. Des larmes s'écoulent sur mon visage sans que je les sente, alors que les paroles du colonel me parviennent brouillées et lointaines.

— L'avion dans lequel le sergent Ivanov se trouvait, a été abattu. Nous avons retrouvé les débris de l'appareil, la plupart des corps, mais trois manquent encore à l'appel. Celui de Ivanov en fait partie… On ignore ce qui lui est arrivé. L'équipe dépêchée sur place a remarqué des traces : des personnes sont passées avant nous. Qui, pourquoi, nous n'avons aucune réponse à ces questions, mais nous allons les trouver.

— Mais… Sergueï…

— Il est porté disparu. Je vous tiens au courant.

Puis il raccroche après des formules d'usages de soutien, qui sont certainement sincères mais qui ne font que glisser. Je suis hébétée. J'ai l'impression d'avoir reçu un parpaing sur la tête, voire un immeuble entier. Le monde tourne, vacille et la réalité s'estompe.

CHAPITRE 31

LUI

JE SENS la main chaude de Swann effleurer mon visage, ses lèvres se poser sur les miennes et, soudain, toute peur m'abandonne. Je suis bien.

Je ferme les yeux alors que le sang coule, tiède, à la place des doigts de Swann...

ELLE

TOUT DOIT continuer, la vie se poursuit, comme si ce qui était survenu ne compte pas, n'a même pas eu lieu... Rentrer récupérer Mila, faire tous ces gestes, dire tous ces mots habituels qui aujourd'hui m'étouffent. Tout ce que je voudrais, c'est me mettre en boule dans un coin et pleurer jusqu'à en mourir. Nadia m'a proposé de venir, Stéphane aussi du reste, quant à Betty elle m'a aussitôt dit qu'elle pouvait garder Mila cette nuit et autant de temps que nécessaire. Ils sont tous formidables de soutien et d'amitié, mais ils ne peuvent rien pour m'aider, ils ne peuvent pas dissoudre la douleur qui broie mon cœur à chacune de mes inspirations. Personne ne le peut, personne sauf Sergueï...

Je suis une adulte, je dois tenir : pour Sergueï, pour les enfants. Je n'ai pas le luxe de pouvoir pleurer sur moi-même. Alors je rentre chez nous. Mila accrochée à moi comme un bébé koala. Son contact et son papotage incessant me forcent à sourire, et si cela ne desserre pas l'étau qui m'écrase et m'empêche de respirer, du moins me permet-elle de me tenir debout.

Me changer, donner le bain à Mila, préparer le dîner, autant de gestes répétitifs, qui doivent être faits, malgré tout. À la fois rassurant et effrayant que tout continue sans que rien n'en soit altéré, c'est si inique que je me retiens de hurler. Mila ressent que quelque chose cloche. Elle ne peut pas comprendre, toutefois elle me regarde de ses immenses yeux bleus, du bleu exact de ceux de son père, cherchant à savoir, cherchant à analyser ce qui ne va pas. Dans son verbiage elle gazouille des questions inintelligibles, oubliant de jouer pour me dévisager, les sourcils froncés dans son petit visage.

Comment lui expliquer ? C'est impossible !

Je me contente de murmurer dans un pauvre sourire, qui ne doit guère faire illusion :

— Maman est triste ma chérie, mais ça va aller.

Vadim rentre à cet instant, et comme souvent il vient m'aider pour le bain. Il joue avec elle, ce qui me permet de lancer le repas, avant de revenir la sortir. Nous avons trouvé un équilibre, tous ensemble, mais comment allons-nous faire à présent ?

Il referme la porte derrière lui, me lançant un coup d'œil inquiet. Je dois vraiment avoir une tête épouvantable, car il pâlit tout à coup.

— Qu'est-ce qui se passe ? Baloo a fait une colique ?

Bien sûr, il ne sait rien de l'avion abattu, rien de ce qui a fait exploser ma réalité.

Je prends une ample respiration, attrape une serviette et sors Mila qui proteste pour la forme. Cette enfant est un bébé cachalot, elle pourrait passer sa vie dans l'eau !

Je commence à la sécher, tout en balbutiant d'une voix que j'essaie de raffermir, mais qui, même à mes oreilles sonne mal.

— Ce n'est pas Baloo…

Il me dévisage, de plus en plus inquiet.

En un tour de main je mets une couche et son pyjama à Mila puis la pose par terre. Ravie, elle se redresse et part explorer l'appartement, d'une démarche chaloupée d'ivrogne. Elle marche, ou plutôt vacille en un déséquilibre perpétuel depuis quelques semaines, et cette manière de se déplacer et d'appréhender le monde lui plaît plus que tout. Je l'entends plonger dans la caisse à jouets installée dans le salon, papotant avec ses peluches d'une petite voix chantante.

Vadim se tient debout devant moi, il me dépasse presque d'une tête à présent, mais c'est encore un enfant. Comment lui dire ? Je ferme les yeux, tentant de maîtriser la houle de douleur qui monte et me noie.

— Vadim… cette nuit, l'avion où se trouvait la compagnie de Sergueï a été abattu, il est porté disparu.

Ma voix n'est qu'un fil qui s'étouffe sur les derniers mots. La vérité est brutale et le prend de court. Il devient soudain livide et me fixe, cherchant à saisir chaque mot, même s'il a déjà parfaitement compris.

L'attachement qu'il éprouve pour son père est à la fois conflictuel et passionné, comment ne peut-il en être bouleversé ! ?

— Qu'est-ce qu'on peut faire ? balbutie-t-il d'une voix blanche.

Je pose une main sur son bras. Il n'est pas mon fils biologique, je ne l'ai pas porté, mais il est le fils que la vie m'a amené. Mon affection pour lui est presque viscérale. Je voudrais l'épargner, je voudrais le protéger, mais c'est impossible, je lui dois la vérité.

— On ne peut rien faire. Rien d'autre qu'attendre.

Comment dire que la nuit venue je l'ai passée sur le balcon, enroulée dans un plaid à regarder les étoiles, songeant que peut-être quelque part, Sergueï pouvait lui aussi voir ce même ciel… Espoir illusoire, bien sûr, mais qui me tient debout ces dernières semaines.

Oui. Semaines.

Les heures se sont transformées en jours, puis en semaines et rien n'a changé ni dans un sens ni dans un autre. Personne ne sait ce qui est advenu de ces trois hommes. La zone a été ratissée sur des kilomètres, les villages alentour fouillés et aucun légionnaire n'a été retrouvé. Personne ne sait rien, ou si certains savent, ils se taisent par peur de représailles de la part des rebelles qui sévissent encore dans la région, malgré l'arrivée en force d'un bataillon de la légion.

Il y a eu des cérémonies lorsque les corps ont été rapatriés en France. Le colonel a tenu à ce que les hommages aient lieu ici, au camp Rafalli. Le Président est venu faire un discours, c'était, paraît-il, empli de solennité. Je ne sais pas, j'ai refusé d'y aller. Déjà parce que je ne veux pas entendre parler de Sergueï au passé. Il n'est pas mort ! Tant qu'on ne m'aura pas montré son cadavre, je me refuserai à croire à son décès !

De plus, je refuse que la tragédie qui nous balaie, qui vient de foudroyer tant de familles, qui sont là ahuries de douleur, vienne servir les intérêts politiques d'un homme avide de pouvoir et qui, en fin de compte, ne pense qu'à une prochaine élection. Ma souffrance n'est pas un marchepied !

Avec les autres familles nous nous sommes rencontrées, mais que dire ? Déjà la plupart des légionnaires étaient célibataires. En tout cas ceux disparus avec Sergueï l'étaient. Alors que puis-je partager avec ces femmes qui sanglotent après la mort de leur mari ? De leur compagnon ? De celui qui illuminait leur vie ? Le mien n'est pas mort. Ni vivant non plus, coincé dans une boîte étrange entre la vie et la mort, telle une expérience de Schrödinger.

Elles me considèrent, de toute manière, d'un œil à la fois apitoyé et jaloux en même temps. Je dois vivre dans le doute constant : elles au moins savent où est leur amour et cette certitude, aussi inhumaine soit-elle, va leur permettre de se reconstruire… Je vis aussi dans un espoir, insensé, vain sans doute, qui me ronge et qu'elles m'envient pourtant.

Alors je suis mieux seule, avec Vadim, Mila et notre peine. Ensemble nous tenons aux prises de vagues d'espoir fou et de découragement tout aussi absurde. Le soir, lorsque tout est calme, je crois entendre ses pas approcher de l'entrée. Combien de fois ai-je bondi, ouvert la porte pour n'y trouver qu'un couloir vide ? La nuit je me réveille en sursaut lorsque, épuisée je m'endors enfin. Il me semble sentir ses doigts effleurer mon corps, redessiner mes courbes comme il l'a fait tant et tant de fois… J'ouvre les yeux, le cœur battant, chavirée déjà, mais je suis seule dans les ténèbres. Sans doute n'est-il vivant que dans mes rêves.

Parfois après ces nuits interminables, de désespoir et de larmes, il me paraît impossible de continuer. De me lever, de m'habiller, de poursuivre cette vie qui sans lui, est inutile. Je reste là, en boule dans mon lit, attendant, je ne sais quoi, un miracle sans doute. Vadim surgit alors, tire les rideaux, ouvre la porte-fenêtre et me propulse sous la douche, accompagné d'un « Davaï » péremptoire, qui ne peut que me faire penser à son père.

Pendant que mes larmes s'écoulent en même temps que l'eau, il prépare le sac de sa sœur, lui donne son biberon et la change. Je sais que c'est un fardeau injuste que je lui fais porter, mais certains jours je ne suis plus que lassitude et abattement.

CHAPITRE 32

ELLE

C'EST presque quotidiennement, que je me rends au camp Raffalli, déboulant dans le bureau du colonel qui n'ose pas me renvoyer. Il est lui-même très affecté par tout ce qui s'est passé, et un soir, alors que je le soumets comme chaque jour à une salve de questions, il soupire et marmonne d'un ton découragé.

— Je comprends vos interrogations et vous avez raison… Ce qui est arrivé, est effroyable : c'est un nouveau Camerone !

Je sursaute, sans comprendre. Sans me laisser l'interrompre, il poursuit :

— Tout ce que je vais vous dire est classé secret-défense. Si vous en divulguez un mot, je saute, mais tant pis. Vous avez sans doute plus que quiconque, le droit de savoir.

Mon cœur bat si fort que je crois me trouver mal. Où veut-il en venir ?

— L'avion a bien été touché par un missile, mais ça ne l'a pas abattu. Le pilote a réussi un atterrissage d'urgence, et sans doute qu'une fois au sol la plupart des hommes étaient vivants. Blessés, mais vivants.

Une brusque nausée me remplit la bouche d'une bile âcre. Que va-t-il me révéler comme secret ignoble ?

— Nous avons pu reconstituer les événements, peu ou prou, grâce aux analyses post-mortem. Les gars sont tous morts par balle. Ils ont tiré toutes leurs munitions. Toute la zone était couverte d'impacts. Ils se sont battus contre des centaines d'assaillants, et ils ont tenu. Ils ont tenté de réparer la radio et de contacter le QG, en vain. On n'a retrouvé aucun cadavre des rebelles. Sans doute les ont-ils pris avec eux afin de leur offrir des funérailles, mais au vu de la quantité effroyable de sang trouvé sur place, les morts ont dû se compter par douzaines…

Je suis pétrifiée. Dans un souffle, je ne peux que balbutier :

— Mais… Et Serguaï ? Et ses hommes ?

Il écarte les mains dans un geste d'ignorance et d'impuissance :

— Je ne sais pas. Peut-être ont-ils réussi à s'échapper, peut-être les rebelles les ont emmenés et les détiennent à l'heure qu'il est. Pour l'instant nous ne savons rien. Nous n'avons aucune piste.

Je reste là, abasourdie, saisissant pourquoi il a mentionné Camerone : le même destin a rattrapé ses hommes, comme ce jour d'avril 1863…

Je comprends aussi pourquoi, on n'en parle pas dans les journaux, pourquoi il n'y a eu qu'un vague entrefilet dans le journal de 20 heures, mentionnant la cérémonie en hommages aux héros morts pour la France. Morts plutôt pour les intérêts d'une poignée qui n'est pas la France.

LUI

OULEUR, soif, peur… Je ne ressens plus rien. Je flotte dans une réalité loin des brutalités et de la souffrance. Une réalité où Swann est là, avec son sourire qui éclaire le monde. Mon monde. Je suis attaché, jeté à l'arrière de véhicules qui puent le gasoil, trimballé les yeux bandés, sans égard pour mes blessures qui s'ouvrent et saignent. Des mains me touchent, des coups tombent. J'ignore la plupart du temps si je suis mort ou vivant.

Sans doute suis-je mort et voilà l'enfer réservé aux légionnaires…

CHAPITRE 33

ELLE

ES JOURS filent. L'hiver arrive amenant une mer grise, un vent froid qui me transperce plus que de raison. Les semaines se transforment en mois et l'espoir flamboyant en feu follet erratique…

Mes parents, sans aucun doute effrayés par ce temps qui galope et moi qui m'accroche à mes rêves avec un désespoir de plus en plus pathétique, m'ont proposé de venir chez eux.

— Ça sera mieux pour toi, ma coucoulette… Tu vas finir folle ou dépressive toute seule !

Partir ? ! Mais comment peut-on me demander ça ? Ici, sur ce bout de terre, dans cette ville minuscule, c'est ici que nous avons bâti notre vie… Pas ailleurs !

— Maman, arrête ! C'est à Calvi que j'ai choisi de vivre, quoi qu'il se passe !

— Ce n'est pas très sain, tu t'en rends bien compte, de rester là-bas, dans ton passé et dans une attente irréaliste qui ne peut que faire mal aux enfants ! Pense à eux voyons ! Cesse d'être aussi butée une fois dans ta vie !

Je sais que c'est dit dans une intention louable, qu'elle est terrifiée pour moi, pour Vadim et Mila. Qu'elle ne sait pas comment nous aider à retrouver une vie faite de rires et de plaisirs. Je le sais. Ça ne m'empêche pas d'en être ulcérée ! Notre vie est ici ! C'est ici que je bosse, que Vadim va au collège, qu'il s'est construit une vie, lui aussi. Nous y avons nos amis, et même si Sergueï ne devait pas revenir, combien de fois y ai-je songé ? Des milliers sans aucun doute ! Je tiens à rester dans cette cité où nous avons notre place, où je me sens chez moi.

La plupart des personnes que je croise sont effrayées par ce que nous traversons, par cette épreuve qui s'étire sans réponse, sans certitude quelle qu'elle soit. Mon attitude aussi doit être terrifiante, certainement dois-je avoir l'air d'une folle à être aussi accrochée à ma conviction qu'il est vivant. Sans doute les gens ne savent-ils pas comment agir dans une telle situation. On sait quoi dire en cas de décès, mais là ? Que faire ?

Alors les gens se rangent en deux catégories : ceux qui veulent m'aider et ceux qui préfèrent agir comme si rien n'était, restant dans un confortable déni. Étonnamment j'ai moins de mal avec ceux de la deuxième catégorie. Avec eux au moins, pas de regard faussement compatissant, pas de conseils malvenus, pas de questions ineptes ou toujours la même :

— Sergueï est rentré ?

La plupart de ceux qui veulent m'aider, le font de tout leur cœur, poussés par une solidarité réelle, mais parfois maladroite et, souvent, simplement intrusive. On va jusqu'à me donner des conseils sur comment m'occuper de ma fille ! Évidemment lorsqu'on a un bébé, tout un chacun se mêle de te dire comment il faut faire : ne la prend pas sans cesse dans les bras, tu vas la rendre capricieuse ! Ne la laisse pas pleurer, tu vas la rendre neurasthénique !

Mais là, c'est encore pire ! Quoi que je fasse, y compris si elle attrape un rhume, c'est de ma faute : en ayant une maman aussi triste, forcément c'est pas bon pour la p'tiote…

J'ai parfois envie de les étrangler, ce qui serait interprété comme une violence policière, donc je me retiens.

On m'a même dit, tout récemment, que ce serait mieux que je passe à autre chose, je vais rendre mes enfants dépressifs, à force ! Passer à autre chose ? ! Ça veut dire quoi dans leur esprit ? Oublier Sergueï ?

Heureusement, le soir avec Vadim nous nous racontons nos journées respectives et nous parvenons à rire de ces réflexions. Et puis nous avons la chance d'être entourés par une amitié chaude, vivante, entre Nadia et sa douceur bourrue et efficace, mes autres collègues qui m'aident au quotidien par leur seule présence et beaucoup de bons petits plats. Ils doivent avoir peur que nous mourions de faim ! Personne ne nous laisse tomber et ce soutien me permet d'affronter chaque nouvelle journée.

Toutes ses journées sans Sergueï, à me demander où il est et ce qui lui arrive…

CHAPITRE 34

ELLE

L'HIVER s'installe, le soleil se fait rare. Ce matin un vent froid, porté par la mer, secoue les grands pins qui entourent l'appartement. Rien qu'à l'idée de me lever, je rechigne, puis je songe à la masse de choses qui m'attend et me mets debout en bâillant. Je frissonne. L'aube se lève à peine dans une palette de roses délicats. J'essaie d'apprécier, de respirer, en vain. Depuis des mois je ne vois plus la beauté du monde ni ne parviens à inspirer : l'air refuse d'entrer dans ma cage thoracique. Comme si la poigne qui me broie le cœur et l'âme, m'empêchait aussi d'absorber l'oxygène.

Tant pis. Je renonce. Récupère un uniforme propre, songeant vaguement au repassage et à mille autres corvées, puis file dans la salle de bains. La douche reste un moment bienfaisant et sous l'eau qui s'écoule, je me permets de pleurer en songeant à ces moments passés ensemble, à cet avenir qui nous a été volé.

J'ouvre le robinet et le temps que l'eau chaude arrive, me déshabille. En réalité je n'ai qu'un T-shirt pour dormir, l'un de ceux de Sergueï qui porte encore son odeur et que je ne parviens pas à quitter... Puis je me glisse sous le jet, laissant le flux tiède s'écouler sur mes épaules, sur ma nuque. Je ferme les yeux, pensant une fois encore à notre rencontre, à ce premier moment de découverte mutuel. Je sanglote cependant que mon corps frissonne à ce simple souvenir.

Entre deux larmes, il me semble entendre la porte s'ouvrir. Je m'efforce de ne pas réagir. Je sais que ce n'est encore que le fruit de mon imagination. Je crois entendre des pas. Je résiste, furieuse après moi-même. Jusqu'où mon cerveau va-t-il m'emmener ? Jusqu'à la folie ?

Soudain je sens une main effleurer mon épaule. J'ouvre les yeux, le cœur battant, effrayée. Sergueï est là, sous la douche avec moi, portant un treillis que je ne reconnais pas. Il m'attire contre lui. Je peux sentir chacun des muscles de son torse alors que ses lèvres cherchent les miennes.

Ça y est je suis devenue folle…

J'éclate en sanglots désespérés, cherchant à repousser cette illusion, alors même que tout mon corps ne veut que se fondre en elle. Il m'attire contre lui et je n'ai pas la force de résister alors qu'il murmure à mon oreille, comme autrefois :

— C'est moi Swann, c'est moi…

Je me raccroche à lui, retrouvant les inflexions de sa voix, retrouvant son odeur. Peut-on inventer le timbre d'une voix ? L'essence d'une odeur ?

D'une main il coupe l'eau qui nous inonde et d'une autre, il saisit une serviette dont il m'enroule. Il m'essuie et m'embrasse, alors qu'hébétée je ne sais plus que penser et ressentir. Ses mains me font frémir comme avant, alors qu'il chuchote :

— C'est moi *lubimaya*, je suis là… Je suis là !

Je gémis, m'agrippant à lui pour ne pas tomber, réalisant que je ne suis peut-être pas encore folle.

— C'est toi… Vraiment toi ?

Je ris et sanglote en même temps. La tête me tourne. Je le fixe d'un air hagard. Repoussant mes cheveux trempés, il pose sa bouche sur la mienne, nous emportant dans un baiser si brutal que nos dents s'entrechoquent, mais qu'importe ! Il est là ! Mon cœur va exploser de bonheur et soudain je parviens à respirer. L'étau qui m'étouffait a volé en éclats, ne laissant qu'une joie brûlante qui se déverse dans chacune de mes cellules, avec la force de lave incandescente.

En un leitmotiv incrédule, je ne parviens qu'à balbutier, tout en passant mes mains sur son visage, émacié, mais rasé de près :

— Tu es là, tu es là…

Je ne comprends rien, et quelque part peu importe ! Il est vivant, c'est tout ce qui compte. Il rit, m'embrasse et nous sommes là, fous dans la salle de bains transformée en pédiluve. J'entends Mila chantonner dans son lit, et cette normalité me ramène à la raison. J'attrape un T-shirt, enfile un leggin. Sergueï enlève sa veste de treillis détrempée, dont je ne reconnais pas l'origine. Il la jette dans le panier de linge sale, et lorsqu'il se redresse j'aperçois son torse, son dos, couverts de marques et de cicatrices, certaines pas même encore guéries... Je vacille. Il est si maigre. D'une main je suis le lacis des balafres et des entailles, terrifiée par ce qu'elles me racontent comme expériences atroces qu'il a dû traverser.

Il attrape mes doigts, dépose un baiser sur mon poignet, tout en affirmant :

— Tout va bien ! Ne t'en fais pas !

Puis il ajoute dans un sourire lumineux, dont la douceur me foudroie :

— Mais je ne dirai pas non à un café !

Quelques minutes plus tard, nous nous retrouvons dans le canapé, attendant que le café passe. Je ne parviens ni à m'éloigner ni à détacher mon regard de lui. Comme si, le simple fait de ciller allait le faire disparaître à nouveau !

Mila nous rejoint, alors que je verse le café dans les tasses. Depuis quelques semaines, elle sait sortir toute seule de son lit, et ne s'en prive pas ! Traînant son doudou favori, une licorne aux poils longs, elle entre dans le salon en courant et babillant, tel un mini-typhon. Elle s'arrête soudain, interloquée. Elle me cherche du regard et je peux voir toutes les questions qui se pressent dans ses yeux, alors qu'elle dévisage Serguëi.

Serguëi la contemple avec un émerveillement tel, que j'aperçois des larmes briller dans ses yeux clairs. Je la prends dans mes bras, où elle se blottit, non sans se trémousser afin de comprendre qui est dans notre canapé à un tel moment de la journée !

Je me laisse tomber à côté de Sergueï, tout en balbutiant :

— C'est papa... Papa est revenu !

Elle me regarde, dévisage Sergueï et soudain un immense sourire l'illumine tout entière. Elle me repousse, se redresse et s'exclame dans un babil affirmé :

— Papa, papa, papaaa...

Puis, elle se jette sur son père qui l'attrape au vol. Elle éclate de rire, hurle de joie. Sergueï l'embrasse, riant avec elle alors que des larmes roulent sur son visage have. Mon cœur se déchire entre le bonheur de l'instant et la réalité terrible qu'il a dû subir. Mila n'a pas tant d'ambiguïté : elle est juste heureuse !

Je pense aux voisins qui ne vont peut-être pas apprécier d'être réveillés par les cris d'un bébé, mais tant pis ! À cet instant, Vadim émerge de sa chambre, le cheveu hirsute et l'œil encore plein de sommeil.

— Pourquoi Mimi hurle comme ça ? marmonne-t-il.

Il n'a pas plutôt fini sa phrase, qu'il aperçoit sa sœur dans les bras de quelqu'un. Il lui faut une fraction de seconde avant de réaliser que c'est son père. Il devient soudain tout pâle. Sergueï se relève, dépose Mila sur le tapis et s'avance vers lui. Vadim bredouille on ne sait quoi, égarant ses mots entre russe et français.

Sans un mot Sergueï le prend dans ses bras. Mila crapahute vers eux, s'accroche à leurs jambes. Tout à coup elle réalise qu'ils pleurent. Son visage rebondi se plisse et ses yeux débordent à leur tour. Je m'avance, la prends dans mes bras et soudain nous sommes là, tous les quatre à pleurer. Sergueï me regarde, m'attire contre lui et nous éclatons de rire.

Nous sombrons tous les trois dans un fou rire libérateur, riant comme cela ne nous est pas arrivé depuis des mois, depuis la disparition de Sergueï. Mila ne comprend plus rien ! Elle nous dévisage les uns et les autres, partagée entre incompréhension et colère. Finalement elle tend les bras à son frère, sans doute se dit-elle que les adultes sont perdus, et roucoule une continuité de « Bibibibi… » qu'il interprète sans effort. Il a un Master en langue de Mila !

Il lui répond en russe, ce qui semble lui convenir parfaitement. Elle secoue la tête, sur un « *Da* » péremptoire. Ils partent alors tous les deux à la cuisine, pour préparer son biberon.

Sergueï les observe avant de reporter son attention sur moi. Nos regards se prennent et se mêlent, puis nos lèvres se cherchent, se trouvent et se savourent.

Vadim nous interrompt, la voix pleine de rire contenu :

— Eh ! Est-ce un spectacle pour Mimi ?

Mimi se fiche bien de ce que nous faisons : la tétine du biberon fermement coincée entre ses six dents et demie, elle grimpe sur le canapé dans un effort qui sollicite non seulement toute sa concentration, mais aussi chacun des muscles de son petit corps dodu ! A-t-elle le temps de faire la police de la bienséance, pas vraiment !

Finalement nous nous retrouvons tous dans le canapé, Mila étalée à demi sur son frère et sur moi, boit son lait avec délice. Appuyée contre Sergueï, je savoure le café qui a refroidi et qu'importe.

C'est Vadim qui lance la question qui me brûle, mais que je repousse, préférant la douceur du moment, refusant peut-être de faire entrer dans cette bulle une autre réalité, faite de souffrance, de peur et d'horreur mêlées en un nœud si complexe qu'il en est inextricable.

— Qu'est-ce qui s'est passé ?

Je sens Sergueï se tendre, puis prendre une courte respiration, avant de laisser tomber :

— Un piège, notre avion était attendu, mais si j'ai tenu et si je suis revenu c'est grâce à vous, uniquement à vous. Je n'ai pensé qu'à vous trois, sans arrêt et rien au monde n'aurait pu m'empêcher de vous retrouver. Rien !

LUI

C'EST l'amour qui m'a sauvé, oui, c'est cliché sans doute, dans une vie confortable et sans risque ça peut le sembler, mais dans une épreuve aussi ultime que celle que mes gars et moi avons traversée, au bout du compte ne reste que l'essentiel : mon amour pour Swann, pour cette famille que nous avons construite. Rien d'autre n'a compté.

La question de Vadim ne me surprend pas, même si je préférerais l'occulter et m'immerger pour les prochaines heures dans un moment beaucoup plus romantique avec Swann. Mais Vadim a tellement mûri. Swann a perçu ma réticence. Elle sait que ma réponse évasive cache bien d'autres vérités, qu'en cet instant je ne suis pas prêt à leur dévoiler. Comme toujours, elle ne me presse pas, attendant avec une patience infinie, que je puisse me confier.

Vadim n'a pas sa patience !

Il me dévisage, avant de s'écrier :

— Mais t'étais où ?

Swann referme ses doigts sur les miens, me donnant la force nécessaire pour murmurer :

— La moitié des hommes ont été blessés lors de l'atterrissage. On avait perdu la plupart du matériel. On a tenu comme on a pu, avec ce qu'on avait. Deux gars ont tenté de réparer la radio bousillée dans le crash, mais en vain. Et puis on a été submergé et je ne me rappelle pas grand-chose.

Swann me lance un coup d'œil. Elle n'est pas dupe, même si elle ne fait aucune remarque. Je ne tiens pas à leur raconter la vision des gars qui s'écroulent autour de moi, fauchés par la mitraille, les jets de grenades ou les tirs de mortiers.

J'inspire une large goulée d'air, chargée de l'arôme tiède du parfum de Swann qui monte vers moi et m'apaise. Je refoule l'odeur métallique du sang, et poursuis :

— J'ai dû être assommé. Je suis revenu à moi à l'arrière d'un pick-up. Attaché, les yeux bandés. Avec les gars nous avons réussi à communiquer, en morse ou en échangeant quelques mots lorsque nous n'étions pas bâillonnés. Nous avons conçu un plan : laisser le temps passer, paraître passifs et attendre le moment où nos gardiens feraient une erreur. La vigilance est impossible à garder sur du long terme. Il suffisait de patienter. Un jour l'un de nos gardiens s'est endormi. C'était un p'tit jeune, il n'a rien compris, rien réalisé. En quelques secondes nous avons pu trancher nos liens, nous débarrasser de lui, récupérer ses armes et filer.

Swann ne dit rien. Elle s'est imperceptiblement redressée, sachant sans aucun doute possible ce que le verbe « débarrasser » sous-entend. Elle resserre seulement ses doigts sur les miens, alors que je perçois les battements de son cœur se précipiter.

Vadim me dévisage, bouche bée. A-t-il compris, je l'ignore. Je continue mon récit, sans m'étendre sur le sujet :

— Nous avons marché une dizaine de jours, en gardant un cap au nord. Nous marchions la nuit. Il faisait plus frais, c'était aussi plus simple pour s'orienter et aussi moins risqué. Le jour nous nous cachions dans un repli de terrain, en alternant les gardes.

— Mais, pourquoi vous n'avez pas pris un pick-up ! ? s'exclame Vadim, qui doit passer un peu trop de temps sur Netflix !

— Parce qu'un véhicule ça ne passe pas partout, c'est bruyant et ça nécessite de l'essence. À pied, nous pouvions tracer en ligne droite et nous déplacer sans laisser aucune trace. Au bout d'une dizaine de jours nous sommes tombés sur une piste rectiligne et sur un convoi militaire : l'armée russe qui était là pour je ne sais quelles raisons officielles ou officieuses.

Swann ouvre des yeux interloqués, puis regarde mon treillis. Soudain certains éléments de réponse trouvent leurs places, dans le monceau de questions qu'elle accumule. Je lui souris, sans interrompre mon récit.

— En fait on a eu de la chance ! Les Russes nous ont récupérés. Ils nous ont soignés, nourris, et ils nous ont déposés à la base il y a quoi, deux heures ?

— Mais c'était quand ça ? s'exclame Swann en se redressant.

— Quoi ? Qu'on a croisé les Russes ?

Elle approuve d'un simple mouvement de la tête.

— Il y a en gros une semaine…

Je sais ce qu'elle va dire, je sais ce qu'elle pense, alors avant même qu'elle hurle, je la serre contre moi en affirmant :

— Dans un monde où tout serait logique et normal, nos familles auraient été prévenues, mais il y a eu des discussions sans fin entre les Russes et le ministère de la Défense, sans compter notre colonel. Des histoires de pouvoir, sans considération pour les hommes… Finalement le colonel a organisé notre retour en collaboration avec l'armée russe et voilà, fin de l'histoire !

Je la sens palpiter, indignée d'avoir été laissée de côté, comme si les familles n'étaient rien. Puis elle me regarde, un sourire relève les coins de ses lèvres et se répercute dans ses yeux :

— Bon, on s'en fout, tu es là, c'est le plus important !

À cet instant Mila éclate de rire, manquant s'étouffer avec son biberon. Elle est prise d'un fou rire qui la secoue tout entière, parce qu'un cormoran huppé vient de s'égarer sur notre balcon. Pourquoi n'était-il pas en haute mer ? Que fait-il ici ? Perché sur ses pieds palmés, il nous considère un moment, avant de finir par retourner à ses affaires. Mila se jette hors du canapé, court vers la baie vitrée afin de le voir s'envoler. Heureuse et débordante de joie.

Peut-être est-ce ça le bonheur : s'émerveiller de surprises simples, et rire en voyant un palmipède !

Vadim se lève à son tour, en remarquant d'un ton brusque :

— Eh Swann t'as vu l'heure ? ! Il est p'être temps de se secouer !

Swann lance un coup d'œil à la pendule du salon, me regarde subrepticement. Vadim attrape un smartphone posé sur la table et le lui tend, tout en remarquant :

— C'est ça, ce que tu cherches ?

Elle le remercie d'un sourire et appelle son supérieur. Aujourd'hui elle n'ira pas bosser...

Tandis qu'elle discute avec son capitaine, Vadim soulève sa sœur, en s'exclamant dans un français dont la fluidité me sidère, que vu l'odeur il y a une couche à changer !

Leur complicité me frappe. Une émotion sourde de reconnaissance et de gratitude me submerge. Je pense aux autres qui sont restés dans le sable et la poussière, et moi qui suis revenu, qui ai retrouvé les miens.

Swann repose son téléphone et se love contre moi. Je l'enlace. Nous percevons les cris de joie de Mila, là-bas dans la salle de bains. Son regard déborde de promesses alors que ses lèvres cherchent les miennes.

Je soulève son T-shirt, effleurant sa peau tiède, douce, tout en murmurant dans le creux de son oreille :

— Tu m'as sauvé, je n'ai pensé qu'à te retrouver... Je n'ai pensé à rien d'autre.

Elle me sourit, des larmes perlent dans ses yeux.

— C'est toi qui nous sauves, sans toi nous ne sommes rien...

Sur le balcon, le cormoran est de retour. Il se pose dans un ample mouvement d'ailes et nous considère d'un œil rond, curieux. À l'horizon, un soleil hivernal frôle la baie, caresse la cime des grands pins et vient se perdre dans le regard tendre de Swann.

Ses yeux parlent de baisers, de rires à partager, de larmes à essuyer, de repas à goûter, d'ado à consoler, de fleurs à humer, de sentiers à sillonner, de soucis à affronter, de doigts enlacés, de l'avenir à arpenter…

D'elle et moi pour l'éternité.

Prague, septembre 2019/ 2020

QUELQUES MOTS

Ce livre parle d'amour, parce que oui, c'est une romance, mais pas seulement ! Il parle aussi et surtout de reconstruction, de résilience et de choix de vie : peut-on décider de son destin ? Peut-on se laisser imposer sa vie, peut-on s'y soustraire ?

J'ai tenu à aborder ce sujet par le biais de la Légion étrangère qui offre un système unique, assez fascinant d'une nouvelle vie, de nouvelles perspectives, voire de nouvelle identité…

Alors peut-on s'inventer une autre vie ? C'est à vous de répondre à cette question !

REMERCIEMENTS

Je tiens particulièrement à remercier mon fils Thomas, mon Gregor et mes chats qui ont eu la patience de me supporter durant toute l'écriture de cette histoire. Ce ne fut pas un long fleuve tranquille, puisqu'elle m'a sauté dessus, me prenant quasiment en otage, jusqu'à ce que je l'écrive.

Je suis d'ordinaire ce qu'on qualifie d'auteur architecte, j'écris avec une organisation millimétrée, sauf à de rares exceptions. Ce roman fait partie des exceptions ! Je me souviens de mon fils me demandant comment s'appelaient mes personnages, qui ils étaient. Je ne pouvais que lui répondre d'un haussement d'épaules : je ne sais pas leurs noms, je ne sais même pas qui ils sont… Jusqu'au moment où tout s'est mis en place, où toute leur histoire m'a été dévoilée (oui, les auteurs sont des êtres bizarres !)

Alors un énorme MERCI à tous ceux qui ont permis à ce récit de voir le jour, ma maman qui a lu et relu ce texte afin de traquer toutes les incohérences et toutes les horreurs orthographiques.

Jeanne Sélène qui est inlassablement prête à passer des nuits entières à lire et relire pour assurer une mise en page tip top.

Merci à Tania toujours présente pour un mot, une parole de soutien et pour bien évidemment, son expertise en Russe !

Merci à vous toutes, les copines blogueuses qui êtes là, par vents et marées, soutenant mes histoires les plus folles. Merci, sans vous les auteurs n'iraient pas loin !

Merci aux copines auteurs avec qui glousser, râler, pleurer et prendre des fous rires.

Et puis surtout, merci à vous lecteurs, toujours fidèles, toujours là afin de me suivre où que je vous emmène. Vous êtes exceptionnels.

Comme vous le savez (ou pas !) vous pouvez retrouver tous mes écrits sur mon site auteure :

www.isabelle-morot-sir.com

Avant de vous laisser, encore un mot : n'hésitez pas à mettre des commentaires sur diverses plateformes en ligne (Babelio, Amazon, etc.) en effet, les commentaires sont fondamentaux pour la visibilité d'un livre et son auteur.

Vous avez aimé un livre ? Alors soutenez-le !

Merci d'avance ☺

Isabelle.

MENTIONS LÉGALES

ISBN : 979-10-96202-99-7
Polices Capsmall et Capture it
Texte protégé, Isabelle Morot-Sir, République Tchèque
Mise en pages : Jeanne Sélène
Couverture : Isabel Komorebi